grafit

Chemnitzer Str. 31, 44139 Dortmund
Internet: http://www.grafit.de
E-Mail: info@grafit.de

Umschlaggestaltung: Nele Schütz Design
Druck und Bindearbeiten: CPI – Clausen & Bosse, Leck
ISBN 978-3-89425-451-3
2. 3. / 2017 16 15

Ria Klug

Die Vollpfostenmasche

Kriminalroman

grafit

Ria Klug kam 1955, als unsere Kanzlerin noch Adenauer hieß, in Mittelhessen zur Welt.

Ihr Wille zum kreativen Schaffen zeigte sich früh, als sie zur Freude ihrer Klasse und zum Schrecken ihrer Grundschullehrerin kleine, fiese Geschichten verfasste. Die Vorliebe zu Satire und Spott brachte ihr später sogar einmal eine Sechs in einer Klassenarbeit ein, in der eine Personenbeschreibung gefordert war.

Mit einem Vordiplom in Geisteswissenschaften versuchte sie einen anderen Lebensweg, den sie aber für eine Tischlerlehre aufgab. Zwanzig Jahre Selbstständigkeit, unterbrochen von einem Aufbaustudium an der Kasseler Werkakademie für Gestaltung, folgten.

Seit 2008 versucht sie sich am Schreiben von Krimis, weil sie irgendwann in jungen Jahren durch die Lektüre von Dashiell Hammetts *Rote Ernte* für dieses Genre entbrannte. Seit 2013 verfasst und spricht sie auch Kolumnen über Genderthemen für ein Freies Berliner Radio.

Ria Klug lebt mit Frau und Kind in Berlin.

www.riaklug.de

»Wo genau ist das Ding her?« Stirnrunzelnd schüttelte der stoppelbärtige Gnom den Feuerlöscher. Das dumpfe Tschack-tschack klang merkwürdig, so als ob feuchter Sand darin wäre.

Hantsch dachte an seinen allmorgendlichen Spaziergang und wie er seinen Fund trotz des nicht unerheblichen Gewichts freudig mitgenommen hatte.

»Heute Morgen am Kniepsand. Da lag allerhand herum nach dem Sturm gestern. Der sieht doch noch wie neu aus, ich könnte ihn zu Hause gut gebrauchen. Den soll ich nämlich vor dem Heizungskeller stationieren. Aber vielleicht ist Wasser oder Sand drin. Wenn Sie den in Ordnung bringen können, kommt mich das doch sicher viel günstiger, als einen neuen zu kaufen, oder?«

»Das kommt darauf an, mal kieken. Prüfen macht 45, neu kostet der 179. Aber wenn was drinnen ist, ist er vielleicht in Dutt. Kann auch sein, das Pulver ist nur verklumpt«, brummelte der Gnom und rümpfte seine grobporige Nase, die fast so rot leuchtete wie sein Arbeitsanzug. Er wendete Hantsch die Rückenaufschrift *Dietrichsen – wir geben Feuerschutz* zu und hievte den Löscher auf die Werkbank.

Hantsch schaute sich mäßig interessiert im Lieferwagen mit all den Werkzeugen und Geräten um. Er hatte den feuerroten Caddy der Brandschutzfirma gerade noch rechtzeitig erreicht, bevor der Gnom die Arbeit im Tonnenhafen beendet hatte.

Wenn der Löscher sich noch machen lässt, bringe ich ihn ins Hotel, dann gehe ich ins *Strandpirat* mittagessen, überlegte er. Da würde er einen schönen Blick über das Meer haben, das sich ruppig und blaugrau unter den wild dahinjagenden Wolkenfetzen sträubte.

Hantsch liebte diese Tage im Herbst auf Amrum, wenn der Himmel nach Stürmen wie blank gewaschen wirkte und nur noch eine energische Brise übrig geblieben war, in der die Möwen segelten. Später zum Mittagsschläfchen oder weiter die DVD schauen, die ihm ein Arbeitskollege in die Hand gedrückt hatte.

»Hier, für den Urlaub. Könnte dir gefallen«, hatte der grinsend dazu gesagt. Irgendwie hatte Hantsch das Gefühl, dass der Kollege ihn verulken wollte.

Trotzdem hatte er das Laptop mitgenommen und sich ein Stück von dem Quatsch angesehen. *The Big Lebowski* hieß der Film und es handelte sich um eine völlig unrealistische Geschichte von ein paar ziemlich merkwürdigen Männern, die sich idiotisch benahmen.

Der Arbeitskollege hielt ihn, Hantsch, offenbar für einen tumben Trottel, der an so etwas Spaß finden konnte.

Vielleicht sollte er sich den neuesten Thriller von Bran Down, oder wie der hieß, kaufen. *Fiasko* war der Titel, wenn er sich richtig erinnerte.

Vielleicht doch lieber einen Spaziergang und Kaffee. Oder umgekehrt ... Noch fünf Tage Urlaub, ab jetzt war mehr denn je konsequentes Genießen angesagt. Im Büro wartete sicher eine Menge Arbeit.

Hantsch war alleinstehend. Deswegen konnte und musste er seinen Tagesablauf stets gründlich planen. Ein unbeweibter Einzelgänger war er weniger aus Neigung, denn vielmehr aus Menschenscheu, die sich – besonders dem anderen Geschlecht gegenüber – in unbeholfener Verlegenheit niederschlug, wie ihm wohl bewusst war.

Er blickte hinaus in den Tonnenhafen, wo die Masten der Boote wackelten, sodass Schnüre und Ösen blinkernd anschlugen. Vom Fähranleger, drüben in Wittdün, bruddelte das Motorgeräusch der ablegenden Fähre über das Wasser der lang gestreckten Bucht herüber.

Hinter ihm klapperte Werkzeug.

»Nee, oder? Das glaub ich nich«, schnaufte der Gnom. Er hatte den Löscher mittlerweile geöffnet und den Inhalt auf die Werkbank geschüttet, wo sich etliche Plastikbeutel mit hellem Inhalt häuften.

»Ist das Löschmittel? Warum ist das in Päckchen?« Hantsch spähte über die rot gewandete Schulter und wunderte sich.

»Nee du, das is was anners. Da hast du 'nen dicken Fisch an Land gezogen«, erwiderte er und musterte Hantsch von schräg unten.

Den störte die duzende Vertraulichkeit des Eingeborenen. »Und, was, meinen *Sie*, ist es dann?«

Der Gnom überhörte die indignierte Betonung der Anrede. »Das, mein Guter, ist Koks, da wette ich mit dir. Bestimmt sechs Kilo, so viel Löschpulver gehört nämlich da rein.«

»Äh, Koks? Aber das da ist doch weiß, also ...«

»Na Koks, Schnee, Stoff! Mann, bist du doof?« Der Gnom musterte Hantsch mit hochgezogenen Brauen.

»Also, hören Sie mal, Herr ... Jensen«, las Hantsch vom Namensschild der Brusttasche, »ich verbitte mir diesen Ton. Mit solchen Dingen kenne ich mich nicht aus. Es handelt sich also um Rauschgift, richtig? Dann werden wir die Polizei bemühen.« Er kramte nach seinem Telefon.

Jensens Blick wanderte von Hantsch zu den Päckchen auf der Werkbank und wieder zurück. Sein Mund arbeitete lautlos und seine Stirnfalten vermehrten sich rapide.

»Nich so schnell, tööv doch mal«, sagte er dann hastig, »du weißt wohl nicht, wie viel das wert ist. Das sind mindestens, tööv mal, das sind … ähm …«

Hantsch hob abwehrend eine Hand. »Woher wissen Sie denn eigentlich, was das wert ist? Na, ist auch egal, es interessiert mich gar nicht. Das können Sie der Polizei erzählen. Und das Du verbitte ich mir auch.« Hantsch hatte sein Telefon gefunden. Umständlich schaltete er es ein.

Jensen kam kopfwackelnd ein Stückchen näher.

»Aber tööv doch mal. Das sind bestimmt 'ne gute Viertelmillion. Dafür muss unsereins bannig lang Krabben pulen.«

Hantsch zögerte, aber nur kurz. Dann gab er den Pincode ein.

Das Telefon piepte und meldete einen schwachen Akku, darauf schaltete es sich sofort wieder aus. Seufzend steckte Hantsch es wieder ein. Wie so oft hatte er das Aufladen vergessen. Wofür auch? Seit seine Mutter gestorben war, gab es niemanden, der ihn zu jeder Zeit erreichen wollte.

»Rufen Sie die Polizei oder geben Sie mir Ihr Telefon!«, sagte er mit allem Nachdruck, den er als versierter und langjähriger Sachbearbeiter der Kurverwaltung von Bad Gruntz aufbringen konnte.

Jensen hob beschwörend die Hände. »Nee! Auf keinen Fall … eh, ich hab kein Handy dabei.«

»Dann muss ich das Zeug zur Polizei bringen«, antwortete Hantsch. »Wo finde ich die?«

Jensen klappte den Mund auf. Dann schlich sich jedoch ein Grinsen um seine Lippen, das Hantsch als leicht verschlagen empfand. »Das kann ich doch machen. Ich fahr hin, dann musst du das schwere Ding nich nach Nebel schleppen, dat deit ja nich nödig.« Schon stopfte er die Beutel zurück in den Behälter.

Hantsch gefiel diese Wendung nicht, er konnte aber sein Unbehagen in diesem Moment nicht in Worte fassen. Erst als alles eingepackt war und Jensen den roten Stahlbehälter in einem leeren Karton verstaute und ins Regal zu den anderen Löschern schob, regte sich sein Widerstand.

»Ich komme am besten mit. Schließlich habe ich das Objekt gefunden und mitgebracht. Die Polizei wird meine Zeugenaussage benötigen.«

Jensen wand sich. Er hob bedauernd die Schultern und zeigte Hantsch die offenen Hände zum Zeichen seiner Aufrichtigkeit. »Das tut mich traurich, aber ich darf keinen mitnehmen, das hat mein Scheff verboten. Wenn Sie mir sagen, wo Sie wohnen, kann ich das auf der Wache erzählen. Die Polizei kommt dann schon, wenn die was will. Ehrlich, Herr Doktor, ich mach das schon. Können Sie mir glauben. Ich will das auch nicht behalten, da haben Sie recht, ist tau gefährlich, nich?«

»Aber ...«

Hantsch wollte gerne einhaken, nur Jensen ließ ihn nicht.

»Verboten ist das ja auch. Und wenn die Kinners das in die Finger kriegen, nee.«

Fast hätte Hantsch vor Unwillen mit dem Fuß aufgestampft. Auf keinen Fall wollte er Jensen mit dem Rauschgift abziehen lassen. Er suchte krampfhaft nach brauchbaren Argumenten. »Dann ... dann nehme ich den Bus. Wo befindet sich die Polizeistation, zu der Sie fahren?«

Von der Notwendigkeit einer Erwiderung blieb Jensen jedoch verschont. Schnelle Schritte näherten sich und eine Frauenstimme ertönte. »Herr Jensen, hallo, Herr Jensen, bist du da drin?«

Eine schlanke, mittelblonde Frau tauchte am Wagenheck auf. Sie pustete einige verirrte Haarsträhnen aus ihrem vom

Segeln gebräunten Gesicht, stemmte die Fäuste in die Hüften und sagte mit einem Schlangenlächeln: »Hallo, Herr Jensen. Störe ich? Oh, wen haben wir da? Du hast Besuch. Wer ist denn dein Freund?«

»Ich bin nicht …«, murmelte Hantsch.

»Kundschaft!« Jensen übertönte ihn.

Hantsch spürte, wie er noch weiter in sich zusammensackte, als ohnehin schon beim Anblick der Frau. Er war zwar groß, über eins neunzig, aber er ließ seit eh und je Kopf und Schultern hängen. An niedrigen Durchgängen stieß er sich selten.

»Sitz gerade, Junge«, hatte seine Mutter ständig gesagt. Inzwischen fühlte er sich obendrein zusammengefaltet von der Last der Verantwortung für mehrere Hundert Hinweisschilder für Kurgäste, die Außenwerbung der Geschäfte und Gastwirtschaften sowie die Pflege der Bestuhlung des Konzertpavillons im Kurpark.

Aber wenn ihm Frauen gegenübertraten, hatte er immer noch Kompressionsreserven. Obwohl er gerne endlich eine näher kennenlernen wollte, waren sie ihm unheimlich. Dauernd hatte er das Gefühl, sie wollten etwas von ihm oder er müsste etwas Besonderes tun oder sagen. Und nie hatte er eine Idee, was das sein könnte, obwohl er es schon manchmal probiert hatte.

In der Regel spürte er schnell, wie wenig Interesse die Damenwelt an den Fragen der wirksamen Platzierung von Hinweisschildern hatte. Um seine Kolleginnen auf dem Amt schlug er deshalb nach Möglichkeit einen großen Bogen. Besonders, wenn sie in Grüppchen zusammenstanden, tuschelten und gackerten.

Zu seiner Erleichterung wandte sich die Blonde nun an Jensen. »Das war schrecklich gestern. Wir haben es nicht mehr rechtzeitig zurückgeschafft. Ein paar Brecher sind übers Deck. Es hat einiges Kleinholz an Bord gegeben.«

»Jo«, brummelte Jensen, »aber was treibt ihr euch auch bei so einem Schietwetter draußen rum?«

»Das Geschäft, Termine, es musste sein. Ich dachte, wir schaffen das noch. Aber was ich dich fragen wollte: Unser Löscher ist über Bord gegangen. Wenn den jemand findet und hier abgibt, sagst du mir Bescheid?« Sie klapperte bettelnd mit den Augendeckeln. »Es ist ein *Mulciber P6JC Doppelplus*. Vielleicht findet der sich noch, dann müssten wir keinen neuen kaufen. Wird schon teuer genug mit den Reparaturen. Vom Wind her könnte der gut auf Amrum angeschwemmt worden sein, wir waren nur eine halbe Meile vor dem Kniepsand. Wenn er natürlich südlich vorbeigetrieben wurde, finden wir ihn kaum wieder. Drück uns mal die Daumen.«

»Ich habe heute … Au!« Hantsch verstummte und rieb sich das Schienbein.

»Tschulligung«, grummelte Jensen. »Was für ein Heckmeck wegen so einem ollen Löscher. Ich hab doch jede Menge und mach dir auch einen guten Preis.«

»Auch ein guter Preis ist noch Geldausgabe. Ach, es wär schön, wenn wir den wiederbekämen.« In ihrer Stimme lag so viel Sehnsucht, als ginge es um ein Paar neue Schuhe.

»Komm, Madeleine, ihr habt doch wirklich Zaster genug. Aber ich bin ja nicht so. Hier hab ich einen *P6JC Doppelplus*. Der hat zwar 'ne Schramme, ist aber neu. Schenk ich dir. Und dann muss ich los, is schon spät.«

Jensen zerrte einen Karton hervor und stellte ihn der Frau vor die Füße. Die Verpackung war noch originalverschlossen und unbeschädigt.

Sie verzog unwillig den Mund.

Hantsch nahm all seinen Mut zusammen. »Aber ich habe doch heute Morg... Aua!«

Wieder brummte Jensen eine Entschuldigung.

Die Frau betrachtete erst ihn, dann Hantsch. »Was macht ihr da? Sie wollen mir doch irgendwas erzählen, nicht wahr?«

Unter ihrer direkten Ansprache sackte Hantsch noch ein Stückchen in sich zusammen. Er spürte an der Wärme, wie Röte aus seinem Hemdkragen aufstieg. Er stotterte. »Heute Morgen, da war ... da war, also ich spazierte, ganz früh, war ich wach, da am ... am ...«

»Hat er mir alles schon erzählt ...«, sagte Jensen laut.

»Du bist mal still.« Die Blonde brachte Jensen mit einem messerscharfen Blick zum Verstummen.

Seidenweich fragte sie Hantsch: »Nun erzähl mal. Wie heißt du eigentlich?«

»Ich? Also, ja, Hantsch. Da war ein Feuerlöscher, also der lag da, und ich, also, der liegt jetzt da im Regal. Aber da ... da ... da ist was drin.«

Ihre Augen versengten ihn. Hantsch spürte, wie alles an ihm schrumpelte. Wirklich alles.

»Ach, was du nicht sagst, Hantsch: Da ist was drin. Ja, was denn?« Ihre Stimme umschlich Hantsch wie ein Rudel Wölfe kurz vorm Zuschnappen.

»Rauschgift. Das hat Herr Jensen ...«

Die Rechte der Blonden fuhr in ihre sportive Umhängetasche und förderte eine Pistole ans Licht. »Ihr habt es also beide gesehen. Gut. Nein, nicht gut. Was mache ich jetzt mit euch? Am besten fragen wir Katelbeck. Wir fahren nach Wittdün. Jetzt sofort.«

»Nee, nimm den ollen Löscher mit und gut. Wir vergessen das und ich muss ...«

»Halt die Klappe, Jensen, dir trau ich nicht. Du bleibst hier hinten drin. Hantsch, du fährst. Du hast doch einen Führerschein, oder? Jensen, mach deine Taschen leer und gib Hantsch deine Jacke, dann fallen wir nicht so auf. Jensen, Schlüssel und Jacke. Den Löscher her und keine Zicken, sonst knallt's.«

Hantsch wagte keinen Widerspruch. Er zwängte sich in die Jacke, während die Blonde den zeternden Jensen einschloss, der immer wieder betonte, dass er so etwas von *Maddelehne* nicht gedacht hätte.

Da Hantsch nicht wusste, wie der Fahrersitz zurückgeschoben wurde, fummelten sie zu zweit daran herum, aber der Sitz ließ sich nicht bewegen. Er wurde von zwei aufgeschnittenen Feuerlöschern blockiert, die zwischen Lehne und Trennwand als Flaschenhalter dienten.

»Rein mit dir«, zischte Madeleine, »ziehst du eben die Beine an. Für den kurzen Weg geht das.«

Hantsch faltete sich ächzend zusammen. Die Knie musste er weit öffnen, damit das Lenkrad dazwischenpasste. Madeleine warf die Tür hinter ihm zu und stieg auf der anderen Seite ein. Den Feuerlöscher mit dem abgepackten Pulver stellte sie sich zwischen die Beine in den Fußraum.

Mit der Handtasche im Schoß und der Pistole, deren Mündung ziemlich genau auf die Brusttasche von Jensens Dienstkleidung zielte, befahl sie »Abfahren!«

Hantsch hatte seit der Fahrprüfung nicht mehr am Steuer gesessen, und das war kurz vor dem Wehrdienst gewesen. Außerdem war ihm die rote Jacke so eng und kurz, dass er beim Anschnallen Hilfe brauchte. Er konnte die Arme nicht richtig bewegen und fühlte sich wie eine Playmobilfigur. Zudem kniffen die Nähte ihn bei jeder Bewegung in den Achseln.

»Ich bin nicht so geschult … Vielleicht sollte Herr Jensen lieber …«, stotterte er, wobei er seinen Blick konsequent an Madeleine vorbeirichtete.

»Muss ich dir erst Beine machen, du Dummkopf? Los jetzt, bevor ich wirklich sauer werde.« Ihre Stimme erreichte die knirschende Schärfe eines Glasschneiders.

Hantschs große Füße suchten die richtigen Pedale, während er mit klatschnassen Händen zum Zündschlüssel griff.

Zweimal würgte er den Wagen ab, dann erst setzte er ihn in Bewegung, aber so holperig, als wären die Räder oval.

Madeleine stieß ihm die Pistole in die Rippen. »Was machst du denn? Kannst du nicht fahren? Reiß dich zusammen! Erst rechts, dann links um die Ecke, Richtung Wittdün. Gib Gas.«

Hantsch zuckte zusammen und gehorchte. Der Lieferwagen machte einen Satz, vor Schreck suchte sein Fuß die Bremse, landete jedoch auf dem Gaspedal. Mit brüllendem Motor und jammernden Reifen raste der Lieferwagen auf das Hafenbecken zu.

»Idiot, bremsen!«, schrie Madeleine mit sich überschlagender Stimme.

Hantschs Schuhsohle trampelte im Fußraum herum. Nach einer kurzen Verzögerung gab es einen aufheulenden Sprung und eine quietschend-knirschende Vollbremsung. Es knallte noch scharf und schmerzhaft, bevor es still wurde.

Vor der Motorhaube sah Hantsch kein Pflaster mehr. Links und rechts ragte je ein Schiffsrumpf auf, aber dazwischen glitzerte freies Wasser.

»Tut mir leid, das wollte ich nicht … Ich kann halt nicht so gut …«

Madeleine antwortete nicht.

Vorsichtig sah Hantsch zu ihr rüber. Sie hatte sich über

ihre Handtasche gebeugt, die Haare verdeckten ihr Gesicht. »Ist was?«, flüsterte Hantsch, obwohl ihm das Reden schwerfiel.

Da keine Antwort kam, griff er zögernd rüber und schüttelte die Frau leicht an der Schulter. Ihr Oberkörper sackte zur Seite, das Gesicht wurde ein Stück entblößt. Ein dunkler Fleck auf der Stirn, von dem ein dünnes Rinnsal rot herablief, zeigte an, mit welchem Körperteil sie abgebremst worden war.

»Ich kann nichts dafür. Wenn Sie sich bloß angeschnallt hätten ... Sind Sie etwa tot?«, flüsterte Hantsch.

Während er hilflos nach links und rechts über die menschenleere Mole spähte, fiel ihm wieder die Pistole ein.

Ihre Hände waren leer. Im Dunkel zwischen ihren Füßen konnte er, so sehr er sich auch bemühte, ebenfalls nichts erspähen.

Noch mal berühren wollte er sie keinesfalls. Fremde Frauen berührte er nur im alleräußersten Notfall und seit seine Mutter nicht mehr lebte, waren ihm alle Frauen fremd. Das galt selbst für tote Frauen, oder sogar erst recht.

Allmählich machte er sich seine Lage klar. Vielleicht war dieser durchtriebene Gnom, dieser Jensen, der es auf das Rauschgift abgesehen hatte, auch tot. Im Laderaum rührte sich jedenfalls nichts.

Hantsch atmete langsam fünfzehn Mal tief ein und aus. Dazu streckte er die Arme, so gut es ging. Vom Jackenrücken ertönte ein reißendes Geräusch. Danach konnte er sich etwas besser bewegen.

»Zur Polizeistation«, sagte Hantsch laut. »Ich fahre jetzt sofort zur Polizeistation. Ich habe nichts Unrechtes getan und alles wird sich aufklären. Vom Rauschgift wusste ich nichts und die beiden Toten sind ein bedauerlicher Unfall, an dem ich keine Schuld trage.«

Er wiederholte die Atemübung noch zwei Mal, bevor er den abgewürgten Wagen startete. Er fand den Rückwärtsgang nicht und musste probieren.

Dann ließ er die Kupplung vorsichtig kommen, der Lieferwagen ruckte, bewegte sich aber nicht. Er gab ein wenig Gas, die Motorhaube hob sich und die Reifen drehten durch.

Er sah nach der Handbremse. Sie war nicht angezogen.

Noch mal Gas, wieder hob sich die Motorhaube, Gummi schrie und ein vernehmliches Kratzen und Knirschen war zu hören.

»Den Poller kannst du nicht umfahren. Wenn du die Karre im Hafenbecken versenken willst, musst du dir eine andere Stelle suchen.« Mit den Worten drang eine Note von Teer, Tabak und ungewaschenen Lumpen durch das offene Seitenfenster herein.

Hantsch fuhr herum, wobei er einen Schreckensschrei nicht unterdrücken konnte. Ein schmutziger Kerl im Blaumann duckte seinen Kopf in Fensterhöhe.

»Nein, ich wollte nicht ... Hab den Rückwärtsgang gesucht ...«, stammelte Hantsch.

»Ist das nicht Petters Karre? Wo steckt der alte Fischkopp?«, meinte der Kerl.

»Ich ... ich vertrete ihn heute ...«

»Ach so? Ich hab dich noch nie gesehen.« Der Mann beugte sich tiefer ins Fenster. Auf Hantsch wirkte er wie Jensens Bruder im Geiste.

»Besoffen?« Der Mann nickte zu Madeleine rüber, die wieder so zusammengesunken war, dass ihr blutiges Gesicht verborgen blieb.

»Ähm, ich weiß nicht ...«

»Wieso weißt du nicht? Was ... Autsch.« Der Mann betrachtete verdutzt seine Hand, mit der er sich eben noch in der Fensteröffnung abgestützt hatte. »Verdammich, die Scheibe ist ja in Dutt!«

Jetzt erst bemerkte Hantsch die Glasbrösel. Sie waren überall verstreut und knirschten auf der Fußmatte.

»Hier ist doch was faul«, knurrte der Mann und starrte Hantsch durchdringend an. »Düwel ook, wer bist denn du und warum hast du Petters Jacke an?«

Hantsch öffnete den Mund als Vorbereitung für die nun dringend erforderliche Ausrede. Ein Poltern aus dem Laderaum, gepaart mit Schlägen gegen das Wagenblech und Rufen, brachte ihn aus der Spur.

»Ich muss los!«, schrie Hantsch in höchster Panik. Seine Rechte zerrte am Schaltknüppel, seine Füße stemmten sich auf die Pedale.

Der Lieferwagen hoppelte rückwärts, gerade als der Mann seinen Arm auf der Suche nach dem Zündschlüssel weit zum Fenster reingestreckt hatte. Er wurde mitgerissen, ein Schmerzensschrei gellte, dann verschwand der Arm aus Hantschs Sichtfeld.

Das Wagenheck kollidierte mit einer der Bojen, die hinter ihnen, möhrenfarben und weiß, überall aufgereiht lagen.

Hantsch wühlte in der Schaltung, bis er einen Vorwärtsgang fand. Das Fahrzeug brauste los, die Richtung gerade noch gebändigt durch wildes Kurbeln am Lenkrad.

Von der Mole bog Hantsch scharf nach links entlang des Ufers ein. Ganz kurz konnte er noch einen Blick auf den Mann erhaschen, der, die Wollmütze in der Hand, schwerfällig auf die Beine kam.

Wenigstens habe ich den nicht auch noch überfahren, überlegte Hantsch. Jensen im Laderaum war offenbar ebenfalls noch am Leben. Also stellte die Tote neben ihm das einzige größere Problem dar, für das er sich irgendwie verantwortlich fühlte. Gemildert jedoch durch ihre Zugehörigkeit zu Verbrecherkreisen.

Hantsch ließ den Wagen nun gemächlich Richtung Hauptstraße rollen.

Sagte Jensen nicht, die Polizeistation befände sich in Nebel? Also würde er nun dorthin fahren, überlegte er.

Hinter dem Waldstück bog er in die Inselstraße ein und Jensen hämmerte wieder gegen die Trennwand zum Führerhaus. Dazu brüllte er, aber wegen des Fahrtwindrauschens durch das fehlende Seitenfenster konnte Hantsch kein Wort verstehen.

Nach ein paar Hundert Metern wurde es Hantsch zu viel, nervös wie er war. Bei einer Bushaltestelle lenkte er aufs Bankett und würgte den Motor ab, weil er das Auskuppeln vergaß.

Er meinte, es schadete nichts, wenn er Jensen aus dem Laderaum rausließe. Der konnte ihm helfen, die Tote, deren Anblick ihn ängstigte, zwischen die Feuerlöscher zu betten. Sie war schließlich ziemlich versessen auf einen davon gewesen.

Außerdem könnte ihm Jensen den Weg zur Polizei zeigen. Ans Steuer würde er ihn nicht lassen, da würde Jensen sicher nur Mätzchen probieren, und die Jacke könnte er auch loswerden.

Während all dieser Überlegungen schwoll der Radau weiter an. Es klang nun, als würde Jensen die Hecktüren traktieren, mit was auch immer.

Hantsch entfaltete sich aus dem Führerhaus. Zuerst streckte er sich noch ausgiebig, das erschien ihm dringend nötig. Außerdem wollte er diesen halbseidenen Gnom noch ein wenig büßen lassen.

Neben der Straße verlief ein breiter Radweg, der aussah,

als sei er auf der Trasse einer alten Inselhauptstraße angelegt worden. An einem Tag wie heute, mit der steifen Brise aus Nordwest, lag er ziemlich verlassen. Der Autoverkehr zeigte sich ebenfalls spärlich. Hantsch war das alles nur recht, zum Beantworten neugieriger Fragen verspürte er wenig Neigung.

Mit dem Wagenschlüssel näherte er sich den Hecktüren.

»Sie können mit dem Getöse aufhören, ich lasse Sie raus«, rief Hantsch.

Jensen hielt wirklich inne, während Hantsch aufschloss.

Kaum war die Tür entriegelt, wurde sie aufgestoßen und knallte gegen seine Stirn. Hantsch torkelte zurück, gefolgt von Jensen, der ihn mit einem gezielten Schwinger zu Boden schickte.

Einige Minuten, in denen Jensen an ihm herumzerrte, fummelte und dabei fluchte, brauchte Hantsch, bis er wieder vollen Kontakt mit der Welt aufnehmen konnte. Oder vielmehr die Welt mit ihm, indem sie sich unangenehm feucht unter ihm bemerkbar machte.

Verwirrt stellte er fest, dass Jensen ihm die rote Dienstjacke vom Körper gezogen hatte und er im Hemd in einer regenfeuchten Sandkuhle lag. Hantsch setzte sich schwerfällig auf. Sein Kinn befühlend, hielt er vorsichtig Ausschau nach Jensen. Wer wusste schon, was sich dieser unberechenbare Wüstling noch alles herausnehmen würde, da wollte er lieber gewappnet sein.

»Komm her und hilf mir«, rief Jensen von der geöffneten Beifahrertür her, aus der er Madeleine ein Stück herausgezogen hatte.

Auf etwas unsicheren Beinen näherte sich Hantsch. »Musste das sein? Ich kann nichts für den Schlamassel.«

»Wer hat die Beulen ins Auto gemacht?«, schrie Jensen.

»Und meine Jacke? Da ist hinten die halbe Naht auf. Warum musst du Riesenhornochse dich in meine Jacke zwängen?«

»Aber die Frau hat mich gezwungen …« Hantsch verstand die Vorwürfe nicht, er fühlte sich unschuldig. Eigentlich.

»Die hat ihren Teil wegbekommen. Wir müssen sie beiseiteschaffen. Nimm die Beine, wir legen sie hinten rein«, knurrte Jensen.

»Aber dürfen wir das wirklich?«, stammelte Hantsch.

»Die muss zack, zack verschwinden, pack an!«

Weil Hantsch es mit der Angst bekam, fügte er sich. Er hob die Frau an den Knöcheln an, während Jensen seine Arme unter ihren Achseln durchschob und vor ihrer Brust überkreuzte.

Hantsch bekam Herzrasen, ausgelöst durch den Hautkontakt, der durch ihre dünne Hose kaum gemindert wurde.

»Stell dich nicht so an, so schwer ist die nicht«, kommentierte Jensen Hantschs exaltiertes Geschnaufe.

Er wuchtete Madeleines Oberkörper grob zwischen die Regale und Werkzeuge. Der blonde Kopf schlug noch mal so kräftig auf das Bodenblech, dass Hantsch ein Schreckenslaut entfuhr und er die Beine fallen ließ.

»Pack an, Dösbaddel«, knurrte ihn Jensen an, griff gleich selber zu und schob die Tote weiter, während er leise vor sich hin fluchte.

Hantsch dagegen war wie gelähmt. Er starrte die Straße entlang, doch hauptsächlich ins Leere.

»Da kommt endlich die Polizei«, seufzte er, als ein blaugrauer Wagen in Sicht kam.

»Schaapschiet!«, brüllte Jensen. In äußerster Hektik drückte er noch Madeleines Füße in den Laderaum, riss Kartons mit Löschern aus den Regalen, die er über ihre Leiche warf, und schmiss noch die rote Arbeitsjacke darüber. Gerade als der Streifenwagen an ihnen vorbeirollte, knallte Jensen die Hecktüren zu.

Der Streifenwagen bremste scharf ab, drehte in einem ruppigen U-Turn um und rollte heran. Ein Polizist mit kurzem Blondhaar stieg aus.

»Moin, Jensen«, sagte er, »ist alles in Ordnung?«

»Moin, Michi, alles klar. Ich muss gleich weiter«, erwiderte Jensen.

Hantsch beobachtete die beiden mit offen stehendem Mund.

»Wir haben einen Anruf bekommen, dass du im Tonnenhafen einen Poller und eine Boje gerammt hast«, brummte der Polizist halb amtlich und halb amüsiert. »Stimmt doch, oder?« Er kam näher und inspizierte das Wagenheck.

»Nur ein paar Kratzer, nix Schlimmes«, nuschelte Jensen.

»Die Seitenscheibe wäre auch kaputt, hat es geheißen. Wie ist denn das gekommen?«

Der Polizist äugte die Wagenseite entlang.

»Ich war das, Herr Wachtmeister«, sagte Hantsch, »nur für die Scheibe kann ich nichts, das ist, weil die Frau ...«

»Mein Kumpel hier ist gefahren, aber er kennt sich nicht so gut aus«, krähte Jensen hastig dazwischen.

»Gut, das ist eure Sache. In der Meldung hieß es aber auch, eine betrunkene oder bewusstlose Frau säße im Auto«, sagte der Beamte. »Wo ist die?«

»Wir haben die an der Ecke rausgelassen, sie wollte nach Wittdün«, erwiderte Jensen so eilig, dass Hantsch nicht zu Wort kam.

Der Polizist warf einen langen Blick ins Führerhaus, ging um den Wagen herum, untersuchte die eingedrückte Front und kam wieder zum Heck.

»Na, da kannst du dir von deinem Chef aber ganz schön was anhören, mein Lieber.« Er wandte sich an Hantsch. »Wieso sind Sie überhaupt gefahren, wenn Ihnen das so schwerfällt? Haben Sie getrunken?«

»Nein, nein, ich trinke nie, ich war nur so aufgeregt, weil ...«

»Mein Kumpel wollte gerne mal ein Feuerwehrauto fahren und bei der Tante Eindruck schinden. Da hab ich ihn eben ans Steuer gelassen«, sagte Jensen, bevor Hantsch weiterreden konnte.

»Na, du musst es ja wissen«, meinte der Polizist leicht schmunzelnd. »Du meldest dich aber noch bei der Hafenmeisterei wegen der angerempelten Tonne, ja?«

»Jau, mache ich auf dem Rückweg«, murmelte Jensen, »aber jetzt muss ich los, hab noch zu tun.«

»Gut, dann ab mit dir, hier ist sowieso Halteverbot.«

Er zeigte auf ein Schild, das man von dort, wo sie standen, nur von hinten betrachten konnte.

»Aber bevor ihr fahrt, möchte ich doch gerne noch einen Blick in den Laderaum werfen.«

Jensen erstarrte und Hantsch holte tief Luft. Endlich würde alles rauskommen und die Angelegenheit zu einem vielleicht nicht ganz angenehmen, aber letztlich guten Ende führen, hoffte er.

»Machst du auf?«, fragte der Polizist.

»Jaja ...«, stotterte Jensen. Schreckensbleich klappte er einen Türflügel auf.

Der Polizist starrte kurz hinein und schüttelte, sich abwendend, den Kopf. »Mein Gott, hast du immer so ein Durcheinander? Ich könnte so nicht arbeiten.«

Jensen schlug die Tür zu und sagte: »Geit mir auch so.«

»Moin und schönen Tag noch.«

Der Polizist grinste, legte den Zeigefinger an die Schläfe und stiefelte zu seinem Wagen. Vor dem Einsteigen hielt er inne und kam zurück.

»Woher kennt ihr euch eigentlich? Sie sind doch Urlauber, ich hab Sie schon öfter gesehen.«

Hantsch schaffte nur ein »Von …«, da fiel ihm Jensen ins Wort.

»Wir waren zusammen beim Bund, ist lange her, war aber eine schöne Zeit, was?« Er klopfte Hantsch auf den Rücken, der dadurch husten musste.

Der Polizist nickte. »Ach so, na dann … Aber Ihren Führerschein müsste ich denn doch mal sehen.«

*

Katelbeck wurde immer unruhiger. Madeleine wollte sich bei ihm melden, sobald sie auf dem Boot nach dem Rechten gesehen hatte.

Vielleicht hatten sie Glück und der verlorene Löscher fand sich wieder ein.

Wenn nicht, müsste er eine plausible Ausrede parat haben. Natürlich war es fahrlässig gewesen, dass er den Löscher kurzerhand draußen in die leere Halterung gedrückt hatte, obwohl das schwere Wetter schon tobte.

Das müsste er möglichst glaubwürdig schildern. Gleichzeitig müsste er erklären, warum sie gestern Abend nicht mehr zum Treffpunkt gekommen waren, und einen neuen Termin verabreden. Aber dafür wollte er Madeleines Bericht abwarten.

Im Härtefall würden sie den Schaden bezahlen müssen, was keine angenehme Aussicht darstellte. Vielleicht könnte er eine Verlustbeteiligung vereinbaren. Aber dieses Ansinnen mochte er keinesfalls ohne unabdingbaren Grund äußern. Deshalb wartete er weiter.

Trotz ihrer üppigen Abmessungen erschien ihm seine Wohnung zu klein. Immer neue Runden drehte er, blieb am Fenster stehen und starrte auf die kabbelige See, von dort wanderte er zum Espressoautomaten und mit der gefüllten Tasse zur Sitzgruppe, von der er nach kurzer Zeit wieder losmarschierte.

Warum ging Madeleine nicht an ihr Handy?

Je länger er darüber nachdachte, desto mulmiger wurde ihm. Die im Boot gelagerte Ware stellte einen Handelswert von etwa zwei Millionen dar. Eine Summe, bei der man leicht schwach werden konnte. Madeleine wäre nicht die Erste, die ihre Geschäftspartner einseifte und sich mit fetter Beute aus dem Staub machte.

Überhaupt, fiel ihm ein, hatte sie nicht in letzter Zeit solche Bemerkungen fallen lassen, dass sie einmal richtig absahnen wolle, damit sie sich zur Ruhe setzen könne?

Warum hatte er sie bloß alleine fahren lassen? Klar, er wollte seine Mailbox und die Briefpost checken, denn keinesfalls durfte er sein offizielles Geschäft vernachlässigen. Seine Finanzen mussten zumindest einer nicht allzu gründlichen Prüfung standhalten. Dazu musste er hohe, versteuerbare Einnahmen generieren, was wirklich nicht leicht war.

Katelbeck zerzauste sich die Haare. Er hasste das: Wenn etwas schiefging, dann gleich richtig.

Den unangenehmen Anruf konnte er nicht länger hinausschieben, wie ihm ein Blick auf die Uhr klarmachte. Er wählte eine Nummer.

»Was ist los?«, fragte eine kratzige Stimme.

»Wir haben ein Problem«, sagte Katelbeck rau.

»Womit?«

»Wir haben Ware verloren.« Katelbeck sprach leise und bemühte sich um eine Betroffenheitstonlage.

»Warum?«

»Der Sturm. Ein Brecher ...«

»Seid ihr deswegen nicht zum Treffpunkt gekommen?«

»Genau, Sturm und Seegang aus Nordwest, da kamen wir nicht mehr gegen an. Wir wollten nicht alles verlieren und noch dazu ersaufen.«

Der andere schnaufte, dann hörte man ein Zischen. Jetzt klang die Stimme klarer.

»Das liegt in eurer Verantwortung, dafür bekommt ihr ein Honorar mit Risikozuschlag. Ihr liefert vollständig ab oder ersetzt den Verlust.«

»Bei den Wetteraussichten ist das Anliefern Irrsinn! Wir konnten schon von Glück sagen, dass wir die Lieferung übernehmen konnten. Das war lebensgefährlich und ist selbst mit Risikozuschlag unbezahlbar.«

Am anderen Ende der Leitung blieb es eine Weile still, nur das geräuschvolle Atmen, das die Telefonate stets begleitete, war zu hören.

»Wollt ihr kündigen?«

Das klang für Katelbeck irgendwie drohend, gefährlich. Unwillkürlich zog er den Kopf zwischen die Schultern.

»Nein, das nicht. Aber bei so einem Wetter ... Das Risiko ist zu hoch ...«, stotterte er hastig.

»Ihr kennt das Risiko und den Zuschlag bekommt ihr auch bei ruhiger See. Schluss jetzt damit. Wann seid ihr hier?«

»Wir sind noch auf der Suche nach der verlorenen Ware. Die Behälter schwimmen und wir wollten nachher den Strand absuchen. Die Chance stehen gut, dass der ...«

»Wann?«

Katelbeck schluckte. »Gegen vier könnten wir es schaffen.«
Der andere schwieg wieder einen Moment geräuschvoll.

»Liegt ihr im Tonnenhafen?«

»Ja, aber …«

»Ich schicke einen Kurier zu euch rüber. Er meldet sich, wenn er da ist.«

Katelbeck legte das stumm gewordene Handy auf die Glasplatte des Beistelltisches. Dann legte er beide Hände auf das Gesicht und strich sie drei Mal langsam und fest über die Wangen zu den Ohren.

Er stand auf, nahm das Mobiltelefon wieder in die Hand und wählte Madeleines Nummer. Als sie nicht dranging, seufzte er, schnappte Zigaretten, Feuerzeug und Autoschlüssel und wandte sich zum Gehen.

*

Mit zusammengekniffenen Augen sah Jensen dem abfahrenden Polizeiwagen nach. »Alle halten mich für doof, aber die werden sich noch wundern«, knurrte er.

Auch Hantsch sah dem Streifenwagen nach, aber eher verzweifelt. Der Polizist war weg, die Leiche noch da. Es fühlte sich an, als würde er vom Chaos verschlungen, so wie andere vom Glück.

»Wir müssen das doch melden«, sagte er.

»Gar nix müssen wir«, erwiderte Jensen. »Wen interessiert schon das Weib? Wir haben einen Haufen Schotter, wenn wir's richtig anfangen.«

»Ich bin kein Drogenhändler!«, schrie Hantsch. »Und auch kein Mörder«, fügte er leise hinzu, als Jensen ihn bloß mit hochgezogenen Brauen anstarrte.

»Pass mal auf«, sagte der. »Die Tante da, mit ihrer Knarre,

das ist eine Drogenhändlerin. Und ’ne Halsabschneiderin obendrein. Um die ist’s nicht schade. Außerdem hast du recht, eigentlich kannst du nix dafür. Dass du zu blöd zum Autofahren bist, ist noch lange kein Grund zum Abkratzen. Lass uns den Schiet versilbern, da haben wir beide was von. Alles andere ist nicht so wichtig.«

Hantsch litt, denn korrekt fand er diese Betrachtungsweise nicht.

»Aber wenn wir jetzt freiwillig alles melden, bekommen wir vielleicht noch eine Belohnung«, sagte er flehentlich.

Jensen winkte ab. »Ach was. Zuerst geht’s darum, dass du geholfen hast, die Leiche zu verstecken. Und dann musst du zugeben, dass sie wegen deiner Fahrerei totgegangen ist. Zur Belohnung kommst du vor einen Richter. So sieht das aus.«

Unwillkürlich stellte Hantsch sich vor, wie ein Richter ihn zusammenstauchte, nur weil er nicht Auto fahren konnte. Noch schlimmer, wenn es eine Richterin wäre, die ihn von oben mit ihren Blicken durchbohrte, sodass er kein klares Wort zu seiner Verteidigung herausbrächte. Und was wohl auf der Kurverwaltung geschehen würde, wenn das dort rauskäme. Er war nicht verbeamtet und rausgeworfen war man schnell. Schon seit einer ganzen Weile verbreitete der Flurfunk Gerüchte über Stellenabbau. Die Krankenkassen hockten auf dem Geld wie Drachen auf dem Schatz und Kuranträge wurden mit Feuerstößen beantwortet.

»Das glaub ich nicht«, murmelte er.

Wohin mit seinen Händen wusste er auch nicht. Abwechselnd steckte er sie in Hosen- und Jackentaschen, zwischendurch knetete er sie.

»Glaub, was du willst«, fauchte Jensen. »Aber wenn du zur Polente gehst, dann sitzt du alleine in der Scheiße. Ich streite alles ab und sage, ich wurde gezwungen. Ich kann sogar beweisen, dass ihr mich im Laderaum eingesperrt habt. Da.«

Er hob die Stirnfransen an und legte eine sich verfärbende Beule frei.

»Aber das können Sie nicht machen, das ist nicht wahr!«

Jensen grunzte, drehte sich ab und kramte eine Papiertüte aus dem Führerhaus. Aus der angelte er ein belegtes Brötchen. Schmatzend an den Wagen gelehnt, beobachtete er Hantschs inneres Ringen um eine Entscheidung, die von Zucken und Wackeln am ganzen Körper begleitet wurde.

»Warum ist eigentlich die Scheibe kaputt?«, fragte Jensen mit übervollem Mund.

»Weil ... weil ...« Hantsch mochte sich nicht daran erinnern, zumal das Projektil so dicht an ihm vorbeigesaust war, dass es nur wenig Fantasie bedurfte, sich vorzustellen, wie es ihn hätte treffen können.

»Glauben Sie, Sie sind der Einzige, der was abbekommen hat? Ich habe auch eine Beule, hier.« Hantsch zeigte auf seine Stirn. »Mein ganzes Kinn wackelt auch noch. Von Schmerzen will ich mal gar nicht reden.«

Jensen pulte mit dem Zeigefinger zwischen seinen Zähnen. »Madeleine hat geballert, was?«, sagte er. »Ich hab den Knall gehört. Was willst du eigentlich, die hätte dich glatt umgepustet, wenn sie gekonnt hätte.«

Diesen Gedanken konnte Hantsch nicht von der Hand weisen. Es stimmte, er hätte tot sein können. Moralisch hatte er sich wenig vorzuwerfen. Eigentlich, und zumindest bis dahin. Aber was noch kommen mochte, wagte er sich kaum auszumalen.

»Was sollen wir bloß mit ihr machen?«

Jensen knüllte die Tüte zusammen und warf sie unter das Auto. »Ich kenn eine, die könnte das für uns regeln.«

Hantsch atmete auf und nickte. »Das ist gut, denn selbst wenn sie eine Verbrecherin war, muss sie ordentlich begraben werden.«

»Das ist nicht nur ordentlich, sondern auch gründlich und sicher«, erwiderte Jensen, wobei er ein Grinsen nicht unterdrücken konnte.

»Dann kümmern Sie sich darum?«, fragte Hantsch seufzend.

»Jau, mach ich.«

Hantsch schüttelte sich. Ihn befiel ein leichter Schwindel ob seiner zwar verdrucksten, jedoch gleichzeitig verwegenen Einwilligung in ungesetzliches Treiben. Das letzte Mal, als er etwas gewagt hatte, konnte er tagelang nicht richtig schlafen und ihn quälten fürchterliche Blähungen. Zwei Schilder für seinen Oldtimer hatte er sich auf Kosten der Kurverwaltung prägen lassen und in der offiziellen Bestellung versteckt.

»Und das Rauschgift?«, fragte er weiter.

»Ich kenne jemanden, der damit zu tun hat«, meinte Jensen. »Der sitzt auf Sylt. Da hat er eine Disko in Westerland und einen Klub in Kampen. Angeblich gehören ihm noch mehr Lokale, die von Strohmännern geführt werden. Es sind zwar nur Gerüchte, aber ich kenne einen, der einen kennt, der Bescheid weiß, und der hat's mir erzählt.«

Hantsch schnaufte. »Ich kenne mich mit solchen Dingen nicht aus, aber wie wollen Sie das bewerkstelligen? Einfach anrufen und fragen, ob er Rauschgift kaufen will?«

Jensen lachte. »Nee«, sagte er dann, »ein bisschen geschickter muss ich das schon angehen. Ich lasse einfach durchblicken, dass ich was hätte, das ihn vielleicht interessiert. Ich sage ihm, wie viel das wiegt und so weiter. Das versteht er schon, wenn er der Richtige ist.«

»Und wenn er nicht der Richtige ist?«

»O Mann, mach's nicht so kompliziert. Dann finden wir eben jemand anderen. Auf Sylt wird gekokst wie blöd.«

Hantsch starrte Jensen erschrocken an. »Sie etwa auch?«

»Nee, mir reicht das Löschpulver, was ich in die Nase kriege, wenn ich's durchsieben muss.«

»Ach …«, murmelte Hantsch. Er war verwirrt. Sollte das Löschpulver etwa nicht nur Brände löschen, sondern als Rauschmittel verwendbar sein?

»Das war ein Spaß«, brummte Jensen. »Sind wir uns einig?«

»Ich weiß nicht …« Hantsch zögerte noch.

»Hast du denn keine Wünsche, für die du nicht genug Geld in der Tasche hast?«

»Doch, schon. Einen ganz großen sogar.«

»Na also. Dann rufe ich jetzt einen Kumpel an, den muss ich nach der Nummer von dem Bekannten von dem Fritzen mit der Disko fragen.«

Jensen wühlte wieder im Führerhaus. Mit einem Handy kam er zurück zu Hantsch. »Gib mir erst mal deine Nummer.«

Vor Empörung konnte Hantsch kaum sprechen. »Sie haben behauptet, Sie hätten kein Telefon dabei. Sie haben mich also dreist angelogen, vollkommen dreist«, presste er zwischen den Zähnen heraus.

»Notlüge«, sagte Jensen leichthin. »Sag schon.«

Hantsch bewegte den Unterkiefer. Jensen musste zwei Mal nachfragen, bevor Hantsch ihm die Nummer verständlich diktieren konnte.

Jensen programmierte sie unter vielem Piepen ein. Dann setzte er sich ins Führerhaus und telefonierte.

Hantsch wanderte unruhig um den Wagen herum. So richtig konnte er sich auf diese Wendung seines Urlaubs nicht einlassen. Bisher bestand sein größtes Urlaubsabenteuer im Baden bei zweifelhaften Temperaturen, wobei er sich stets nur bis zu den Knien hineingetraute. Und auch nur dann, wenn keine roten Bälle ausgehängt waren. Die immense Summe Geld, die Jensen erwähnt hatte, schwächten jedoch seine Integrität ungemein.

»Ich kriege ihn gerade nicht an die Strippe«, sagte Jensen aus der halb geöffneten Tür heraus, »nur einen Bootsmann. Ich würde den Obermacker aber gerne hierherbeordern, auf neutralen Boden. Kannst du mir eine Kneipe nennen, wo man sich unter vielen Zeugen, aber ungestört gut treffen kann?«

Hantsch kratzte sich am Kinn und formte Querstreifen auf der Stirn, obwohl seine Mutter ihn oft ermahnt hatte, dass dies zu scheußlichen Falten führen würde.

»Vielleicht das *Strandpirat?*«, murmelte er.

Über dem Knie glättete Jensen eine Brötchentüte und kramte einen Bleistift aus dem übervollen Handschuhfach.

»Adresse?«

»Das ist am Strunwai in Nebel. Nummer weiß ich nicht, aber es ist ganz am Ende zum Strand hin.«

»Saublöde Straßennamen haben die hier«, brummte Jensen. Der Stift wehrte sich gegen das Schreiben auf dem fettigen Papier.

»Gut«, sagte er schließlich, während er die Tüte in der Brusttasche der Latzhose verstaute, »ich versuche es später wieder. Jetzt hab ich noch ein paar Kunden. Soll ich dich mitnehmen und irgendwo absetzen?«

Gute Idee, dachte Hantsch, lass ihn abrauschen mit dem ganzen Plunder. Mit ein bisschen Glück würde er nie wieder was von ihm hören.

»Ja«, sagte er dennoch, »bis nach Nebel fahre ich gerne mit.«

Wortlos öffnete ihm Jensen die Beifahrertür. Zunächst betrachtete Hantsch den Sitz und die Umgebung genau. Blutflecke an seinem guten Outdooranzug wollte er gerne vermeiden. Er richtete den Löscher auf, der noch auf der Fußmatte lag. Auf dem rot lackierten Griff hatte sich etwas dunkel abgesetzt.

»Da, Herr Jensen …«, hauchte er.

Jensen sah herüber und lachte. »Hat sie sich die Birne an ihrem eigenen Schiet eingeschlagen und Michi hat's nicht bemerkt. Da kann man mal sehen, wer hier doof ist. Wisch's halt ab.« Er reichte Hantsch einen schmutzigen Stofffetzen, den er aus der Mittelkonsole zog.

Mit spitzen Fingern rieb Hantsch den Griff sauber, dann ließ er den Löscher wieder auf den Boden sinken. Dabei entdeckte er noch mehr von Madeleines Hinterlassenschaften.

»Hier ist noch ihre Handtasche. Was machen wir damit?« Vorsichtig zog er die Tasche unter dem Sitz hervor. »Hier ist auch ihre Pistole.« Behutsam schob er sie mit der Schuhspitze neben den Löscher.

Jensen hob sie ungeniert auf. »Niedliches Ding, aber so 'ne Lütte kann auch fiese Löcher machen.« Er wog sie noch einmal in der Hand, dann öffnete er das Handschuhfach und legte sie hinein.

Den Vorgang beobachtete Hantsch argwöhnisch. Er fragte sich sofort, was um alles in der Welt dieser komische Kauz mit der Waffe vorhatte.

»Und die Handtasche?«, fragte er.

»Gib her.« Jensen spähte hinein. Seine Hand tauchte ab und kam mit einem flackernden Handy wieder heraus. Er sah kurz aufs Display und ließ es wieder in die Tasche plumpsen. Als Nächstes angelte er eine Geldbörse. Nach einem schnellen Blick hinein stopfte er sie in seine Hosentasche.

»Den Lappen rein und untern Sitz damit, die entsorge ich später«, meinte er und reichte Hantsch die Tasche rüber.

Wie viel Geld mag er wohl eingesteckt haben, fragte sich Hantsch. Hässliche Leichenfledderei, die mit Barem entlohnt wird. Es beschämte ihn, dass er neidisch war.

Jensen ließ den Motor an.

»Wenn du willst, kannst du den Löscher in Verwahrung nehmen. Du musst mir nur zeigen, wo du logierst«, sagte er, legte einen Gang ein und lenkte den Wagen auf den Asphalt.

Ach nein, dachte Hantsch, wirklich? Welche Teufelei steckte denn da wieder dahinter?

*

Der Polizei war Budde schon immer aus dem Weg gegangen, nicht erst, seit sie ihm damals den Führerschein weggenommen hatten.

Typische Paragrafenreiter waren das. Sicher, es gab welche, die mit zwei, drei Flaschen Bier nicht mehr fahren konnten. Aber er doch nicht. Das hatte er schon oft genug erprobt und bewiesen.

Aber so waren sie, diese Amtsärsche. Nur froh, wenn sie einen aufschreiben konnten, während sie sich in ihren Uniformen wie die Pfauen spreizten. Bei Widerworten gab's einfach was auf die Fresse, auch das hatte man schon oft gehört.

Dabei hätte er einen Geschicklichkeitsparcours noch ohne Probleme bewältigt. Und nachts um zwei gab es keinen Verkehr mehr auf der Insel, den man gefährden konnte.

Aber nein, sie kamen ihm mit der Promillegrenze, dabei hätten sie ihn auch einfach nach Hause fahren können und es wäre gut gewesen.

Logisch, dass er dem Polizisten kaum was erzählt hatte. Ja, gegen Poller und Tonne gerumst, das schon, und dass da eine Alte im Sitz hing. Die Scheibe wäre auch hin gewesen. Das musste schon sein, weil einer von drüben Alarm geschlagen hatte. Ein bereitwilliger Zeuge also, der sich wichtigtun wollte. Da wäre es blöd gewesen, wenn er abgestritten hätte, wie der komische Sack mit Jensens Kiste hier Amok gefahren ist.

Von seiner schmerzenden Hand hat er keinen Ton verraten. Gestolpert wäre er, hat er nur gesagt. Jensen würde er schon noch mal in die Finger kriegen und ihm ein paar Takte über das Benehmen seines merkwürdigen Kollegen geigen, schwor er sich.

Budde zündete sich eine Zigarette an. Es war Pech, dass es ausgerechnet seine linke Hand erwischt hatte. Er konnte aber von Glück sagen, dass ihm als Kind immer wieder eingetrichtert wurde, er solle das gute Händchen benutzen. So war er für viele Alltagsverrichtungen beidhändig, nur ans Arbeiten war heute nicht mehr zu denken, doch das belastete ihn kaum. Ein Maschinist musste beidhändig zulangen können. Die Wartung des Schiffsdiesels würde er eben ein andermal machen. Der Tonnenleger würde schon nicht gleich mit Maschinenschaden liegen bleiben.

Budde zerquetschte die Kippe unter der Sohle und überlegte, wie sehr doch ein schäumendes Brauereiprodukt der Genesung förderlich wäre. Er sah hinüber zum Jachtklub, wo er die Heilmaßnahme am schnellsten einleiten könnte.

Ein dunkelbrauner Porsche zog seine Aufmerksamkeit auf sich, weil er rasant herankam. Er stoppte vor dem ersten Bootssteg. Budde sah einen Mann aussteigen, der mit schnellen, hallenden Schritten über die Planken bis zur äußersten Jacht eilte.

Diese Jacht kannte Budde und er ahnte nun auch, wer der Mann war. Er sah ihn auf dem Boot herumturnen und in der Kajüte verschwinden.

Nach ein paar Minuten kam er wieder heraus und kletterte auf den Steg zurück. Budde fragte sich, warum die Jacht so ungeschickt mit Bug voraus anlag, sodass der Weg an Deck etwas von einem Trimm-dich-Pfad hatte.

Nicht lange, da hörte man den Sportwagenmotor wieder röhren, der das Gefährt in Bewegung setzte. Dabei nutzte der Fahrer den Umstand aus, dass die Schranke zum Seezeichenhafen aufgrund eines noch nicht behobenen Defekts immer noch ihren rot-weißen Schwengel in die Höhe streckte.

Der Porsche bog nun, stetig langsamer werdend, auf den langen Kai ein und kam direkt auf Budde zu. Unmittelbar vor dem Abstellen entlockte der Fahrer dem Motor noch ein Aufheulen. Der Mann stieg aus und schlenderte betont lässig näher.

»Ich suche eine Frau, blond, etwa so groß«, meinte er zu Budde. Mit der Hand zeigte er die Größe unter seinem Kinn an.

»So eine suche ich auch«, erwiderte Budde.

Der Mann schnitt eine Grimasse und zog eine Packung Zigaretten aus der Jacke. Auffordernd hielt er sie Budde unter die Nase. Der griff sofort zu.

»Jetzt ernsthaft«, sagte der Mann. »Das ist wichtig.«

»Warum?« Budde blickte direkt in die spiegelnde Sonnenbrille des anderen. Zwar kannte er den Namen des Typen nicht, weil stets nur von ›dem mit der Jacht‹ oder von ›dem mit dem Porsche‹ die Rede war. Doch zweifelhaft war dessen Ruf allemal. Dreckige Geschäfte würde der machen, erzählten sich Buddes Kumpels unter der Hand, ohne dass sie sagen konnten, worin diese bestanden.

»Katelbeck.«

Budde sah sich überrascht einer ausgestreckten Hand gegenüber. Er griff flüchtig zu und murmelte seinen Namen, denn er konnte nicht anders.

»Wir haben einen wichtigen Termin und ich weiß nicht, wo meine Geschäftspartnerin steckt. War die heute schon hier?«

»Kann sein.«

»Was bedeutet das jetzt?« Am Wackeln des Oberkörpers erkannte Budde die Ungeduld Katelbecks. Er überlegte angestrengt, was er sagen sollte. Wichtiges Geschäft, das roch nach Geld. Und Geld konnte Budde immer gebrauchen.

»Da war eine blonde Frau«, sagte er langsam.

»Wo?« Das klang drängend.

»In dem Auto.«

»Was für ein Auto?« Jetzt schwang Überraschung mit.

»Dem Caddy vom Löscherdienst.«

Katelbeck wurde von einem Hustenanfall geschüttelt. »Ist sie mitgefahren?« Die Stimme war nun erstickt und unter der Sonnenbrille kamen Tränen zum Vorschein.

»Denke schon. Hab sie nicht aussteigen sehen.«

Katelbeck ließ die Zigarette fallen. Immer noch plagte ihn der Husten. »Wann war das, bitte?«

»Halbe, Dreiviertelstunde.«

Katelbeck kniff den Mund zusammen. Seine Zigarettenpackung knisterte im verkrampften Griff seiner Finger. »Wo sie hingefahren sind ...«

»Keine Ahnung, aber erst mal da lang.« Budde wies auf die Zufahrtstraße zum Hafen. »Hab ich der Polizei auch gesagt, aber das wusste die schon.«

»Polizei? Wieso Polizei?« Allmählich wackelte Katelbeck am ganzen Körper.

»Sind gegen den Poller da gefahren.« Budde zeigte auf einen Poller, an dem rote Lackreste leuchteten. »Auch 'ne Tonne gerammt.«

Budde zeigt zu den Bojen.

Fassungslos war die passende Bezeichnung für Katelbecks Miene. »Warum? Was war da los?«, fragte er.

»Idi am Steuer?«, fragte Budde zurück.

Katelbeck sah sich um. Er wirkte ratlos. »Könnte hier sonst jemand was wissen?«

»Irgendwer hat die Bullerei gerufen, aber wer, keine Ahnung. Auf dem Kai war ich alleine.«

Katelbeck hob die Schultern und ließ sie wieder sacken. »Tja, da kann man nichts machen«, meinte er.

»Nee«, sagte Budde.

Mit einer vagen Handbewegung verabschiedete sich Katelbeck. Er stiefelte zum Porsche zurück, setzte sich hinein und hielt ein Handy ans Ohr.

Budde schlenderte zum Stapel mit den Pfählen, wo, halb hinter dem Geräteschuppen verborgen, sein Wagen stand. Er stieg ein und wartete darauf, dass Katelbeck abfuhr. Nach ein paar Minuten hörte er den Porschemotor brüllen.

Budde fuhr erst los, als Katelbeck die Schranke passiert hatte.

Der Porsche hielt am Jachtklub, dort, wo die Bootseigner parkten. Budde stoppte bei der Schranke im Baumschatten und beobachtete, was Katelbeck unternahm. Der stieg aus und wanderte um einen silbergrauen, kleinen BMW herum, probierte erfolglos Türen und Kofferraum, spähte hinein und setzte sich schließlich wieder in seinen Wagen.

Kurz darauf musste sich Budde sputen, damit er nicht hoffnungslos abgehängt wurde. Er folgte dem Porsche bis nach Nebel vor die Polizeistation.

Katelbeck parkte frech im Halteverbot und betrat die Wache, während Budde langsam vorbeirollte. Dies war kein guter Ort für ihn.

Er parkte in einer Seitenstraße, aber so, dass der Porsche unweigerlich dicht vor seiner Motorhaube vorbeikommen musste. Darum, dass er den Gehweg blockierte, scherte sich Budde nicht im Geringsten.

Dafür dachte er darüber nach, was Katelbeck auf der Wache wollen könnte. Das passte nun überhaupt nicht zu dessen Leumund.

Es dauerte seine Zeit, bevor er eine Vorstellung davon bekam, dann aber beschloss er, dass er weiter auf Katelbecks Spur bleiben und sehen würde, was der noch alles anstellte.

Budde hatte den starken Verdacht, das könnte sich auszahlen.

*

Ein Blick zur Uhr bekräftigte, was Hantsch ohnehin schon wusste. Er war viel zu früh. Die Nervosität hatte ihn aus dem Hotel getrieben, doch er konnte den Spaziergang kaum genießen.

Wenn er ehrlich zu sich selbst war, musste er zugeben, dass er sich seinen Urlaub ziemlich vermiest hatte. Vom Gewissen, das ihn auch zu Hause noch plagen würde, ganz zu schweigen.

Schnapsidee, dieses Wort ging ihm immer wieder im Kopf herum, mehrfach rutschte es ihm auch laut heraus. Beinahe hätte ihm der Kellner zum Essen einen Köhm serviert, nachdem Hantsch auf die Frage: »Kaffee für Sie, wie immer?«, versehentlich laut aussprach, auf welche Formel er sein Vorhaben komprimiert hatte.

Natürlich würde er gerne den nachtblauen 5,4 Liter Opel Diplomat A kaufen, den er auf der Oldtimerbörse gesehen hatte. Die Erinnerung an die Klimaanlage und das sonore Schnurren von acht Zylindern, der Geruch der Ledersitze, der sich so unauslöschlich anregend mit dem Parfum seiner Tante mischte, wenn sie ihn im ärmellosen Sommerkleid von der Schule nach Hause chauffiert hatte, schlug ihn in den Bann. Während er ihre weitgehend freigelegten Schenkel bewunderte oder nach dem Halbdunkel ihrer Achselhöhle schielte, sah sie ihn gelegentlich kurz über den Rand der Sonnenbrille an und fragte: »Na, was guckst du so?«

Hantsch war sich inzwischen sicher, dass sie genau gewusst hatte, warum er, der vorpubertäre Knabe, seine Augen nicht abwenden konnte. Welchen Grund hätte es sonst gehabt, dass sie ihn manchmal bat, den Rückenverschluss ihres Kleides zu schließen, wenn sie sich umzog?

Zwar fuhr seine Tante inzwischen Rollator und trug statt Minikleidern Windeln, aber der unbändige Drang nach dieser Opelversion eines Separees war Hantsch geblieben.

Dazu bräuchte er natürlich eine Erweiterung des Carports. Selbst der Manta A, der seit Jahren die Garage belegte, müsste noch mal gründlich überholt werden, bevor er sich damit auf den Oldtimerschauen sehen lassen konnte. Und Fahrtraining, das war ihm schmerzlich klar geworden, auch das müsste er sich dringend leisten.

Hantsch seufzte, stellte den Löscher ab, zupfte die Hosenbeine über den Knien leicht nach oben und ließ sich auf den Sitz der Bushaltestelle sinken.

Eine Weile vertrieb er sich die Zeit mit dem Zählen von vorbeifahrenden roten Autos, bis endlich der Lieferwagen mit Jensen am Steuer auftauchte.

»Wohin?«, fragte Jensen statt einer Begrüßung.

»Einfach geradeaus«, erwiderte Hantsch, während er, den Löscher zwischen den Füßen, die Gurtpeitsche suchte.

So ist das also, wenn sich Komplizen treffen, dachte er. Höflichkeit wird nicht gebraucht.

»Also runter von der Hauptstraße?«, fragte Jensen.

»Ja, einfach geradeaus, bis es nicht mehr geht.«

Schweigend rollten sie den Strunwai entlang.

»Ist da ... Ich meine, liegt sie noch ... hinten ...?« Diese Frage fiel Hantsch sehr schwer, aber er musste sie stellen.

»Nee, die hab ich eingekocht für'n Winter«, brummte Jensen.

»Was?« Hantsch starrte Jensen an.

»Na klar liegt die da noch. Wo soll ich schon sonst mit ihr hin?«, knurrte der ungehalten.

Tief und ruhig atmen, sagte sich Hantsch, und bitte nicht durchdrehen.

»Die Kneipe ist doch hoffentlich nicht einsam gelegen?«, fragte Jensen, da die Häuser dem Wald wichen und der Wald Sandflächen.

»Nein, da ist viel Betrieb. Man hat einen wunderschönen Blick auf das Meer und den Sonnenuntergang, Sie werden schon sehen, Herr Jensen.«

Jensen blickte mit tief zerfurchter Stirn zu Hantsch hinüber. »Wegen der Aussicht gehen wir da nicht hin. Und hör auf mit diesem ›Herr Jensen‹. Das sagt nur mein Scheff zu mir und der ist ein Dämelklaas. Ich heiße Petter, merk dir das.«

Hantsch schüttelte langsam den Kopf. »Entschuldigung, ich bin korrektes Anreden gewöhnt. Aber wie Sie wollen. Es hätte nur nicht geschadet, wenn Sie mir das freundlicher gesagt hätten.«

Jensen knurrte nur etwas Unverständliches.

Die geplatzte Seitenscheibe hatte er durch Folie ersetzt, deren geräuschvolles Flattern ohnehin jedes Gespräch erschwerte.

»Und jetzt?«, fragte Jensen, als der frei befahrbare Weg endete.

»Na, hier auf den Parkplatz, da rechts oben ist das Lokal.« Über den Seeblick, der sich ihnen nun bot, hatte Hantsch sein Beleidigtsein glatt vergessen.

»Sagen Sie mal, Petter, kennen Sie sich auf der Insel wirklich nicht aus? Das kann ich kaum glauben.«

»Ein Mistpohl ist das hier«, knurrte Jensen. »Die glauben alle, sie wären die besseren Friesen, nur weil ich aus Ladelund komme. Die mit ihrem ›Oomram‹, die haben die Nase alle hier.« Jensen zeigte mit der Fingerspitze auf seine Nasenwurzel.

Hantsch verkniff sich die Bemerkung, das könne durchaus an Jensens geringer Körpergröße liegen.

»Am schlimmsten sind die Hamburger, die behaupten, sie hätten eine Amrumer Uroma. Die kaufen sich hier eine Villa, ziehen die Friesenflagge hoch und scheißen mit ihrem Zaster alles zu. Pfui Deibel«, sagte Jensen beim Aussteigen, während er den roten Arbeitskittel gegen einen dunklen Anorak tauschte, und spie reichlich aufs Pflaster.

»Sind Sie jetzt nicht ein wenig ungerecht, Petter?«

»Ach wat. Du solltest die mal hören, wenn die einen neuen Löscher brauchen. Warum der so teuer wäre und ob es der alte nicht auch noch täte. Wenn ich denen dann verklickert habe, dass ein bestimmter Löscher vorgeschrieben ist, wollen sie das alte Gepröttel noch in Zahlung geben. Nee, nee, aber nicht mit mir. Wir gehen jetzt kassieren und nehmen's nicht von den Falschen.«

Wegen der fehlenden Scheibe sperrten sie den Löscher in

den Laderaum, was Jensen mit »Gauner gibt's überall« kommentierte. Da konnte ihm Hantsch nur beipflichten.

Jensen schlug einen schnellen Schritt zum Lokal an. Hantsch wäre viel lieber dem Strom der Spaziergänger gefolgt, die vom Parkplatz auf den Kniepsand liefen. Aber das Treffen konnte er Jensen nicht alleine überlassen. Schon aus moralischen Gründen nicht.

Die Außenterrasse hinter dem gläsernen Windfang war, wie fast immer, gut besucht.

»Petter, warten Sie, hier wird was frei!«

Am Tisch in der vordersten Ecke mit freiem Blick aufs Meer erhoben sich gerade ein paar Gäste über ihrem schmutzigen Geschirr. Mit wenigen, schnellen Schritten stand Hantsch dabei. Er betrachtete seine Fußspitzen, bis die Damen ihre Handtaschen aufgenommen hatten und die übrigen Zuckerpäckchen darin verschwinden ließen. Er wartete und als sie eine Tischlänge entfernt waren, faltete er sich sorgsam auf den Stuhl, der ihm den besten Blick auf die Abendsonne versprach.

Jensen kam brummelig heran. »Wieso denn hier? Drinnen wär'n wir ungestörter.«

Das konnte Hantsch nicht gelten lassen, auf diese Gelegenheit hatte er lange warten müssen.

»An diesem Tisch wollte ich unbedingt mal sitzen. Aber immer war der besetzt. Heute habe ich endlich Glück gehabt!«

Jensen knarzte irgendwas, das wie »Von mir aus« klang, und setzte sich ebenfalls.

»Schön, nicht?« Hantsch deutete vage in Richtung Meer.

»Hrrmpf«, kam es von Jensen.

»Warten Sie erst mal, bis die Sonne untergeht. Das sind Farben, sage ich Ihnen …«

»Du sabbelst wie ein Reiseführer. Kannst du nicht mal din Schnut halten?«

»So nicht, Herr Jensen, so nicht. Wenn Sie sich nicht entschuldigen, sind wir geschiedene Leute.« Demonstrativ zog Hantsch den Reißverschluss seiner Windjacke zu, als wollte er gehen.

Jensen machte eine wegwerfende Handbewegung. »Is ja schon gut. Tschulligung.«

Eine Bedienung nahm ihre Bestellungen auf. Sie trug über einer dunkelblauen Jeans eine schwarze Bistroschürze und hielt Block und Stift in der Hand. Hantsch registrierte das nur aus den Augenwinkeln, weil er Frauen ungern direkt ansah.

»Wann kommen die denn?«, fragte Hantsch nach einer langen Schweigepause, in der er schmollend seinen Kaffee und Jensen missmutig die Umgebung gemustert hatte.

»Gleich. Sind schon unterwegs.« Jensen nickte mit dem Kinn zum Pflasterweg, der vom Parkplatz heraufführte.

Hantsch drehte sich um und erblickte einen ungeheuer fetten Mann im Anzug mit Einstecktüchlein in der Brusttasche. Ihm folgte ein muskulös und wachsam aussehender Schatten. Während der Dicke wie ein gemütlicher, älterer Herr wirkte, fand Hantsch den anderen unangenehmer. Scharfer Blick, gespannte Haltung und kräftig, sehr kräftig.

Jensen winkte ihnen.

Der Dicke trat an den Tisch heran und betrachtete die beiden. »Mein Name ist Wigbert Werner«, sagte er kurzatmig. »Das ist mein Assistent, Herr Kirchner. Hatten wir miteinander gesprochen?«

»Jau«, erwiderte Jensen und wies auf die Stühle. »Bitte schön.«

»Lassen Sie uns hineingehen«, meinte Herr Werner.

Hantsch räusperte sich und erhob, ganz gegen seine ursprüngliche Absicht, die Stimme: »Was gefällt Ihnen nicht an dem Platz?«

Herr Werner beugte sich unfroh lächelnd vor, soweit es sein voluminöser Bauch zuließ. »Wollen Sie, dass halb Amrum hört, was wir hier besprechen?«

Darauf schaute Hantsch sich kurz um. »Es hört doch niemand her, keiner interessiert sich für uns. Aber von hier hat man die schönste Aussicht auf den Sonnenuntergang, Herr Bigbert.«

Jensen zuckte zusammen und sank so tief in seinen Stuhl, wie nur irgend möglich.

Herr Kirchner hob Hand und Augenbrauen. »Sie wollen ihn gefälligst mit Werner anreden.«

Hantsch war sich keiner Schuld bewusst. »Ach so? Na ja, gerne, wie Sie wünschen. Wir sind ja sozusagen schon fast Geschäftspartner. Möchte noch jemand was bestellen?« Er winkte der Bedienung mit beiden Armen, worauf sie sich hurtig näherte.

»Eine große Apfelschorle«, murmelte Hantsch in die Schürze der jungen Frau.

Herr Werner orderte einen Pharisäer und fragte nach einem Stück Kuchen, Jensen und Kirchner nahmen Bier.

Anschließend trat Schweigen ein.

Jensen rutschte auf seinem Stuhl herum und Hantsch starrte angestrengt Richtung Abenddämmerung. Aus den Augenwinkeln beobachtete er jedoch, was die anderen machten.

Herr Werner studierte über eine Brille hinweg die Karte, während nicht klar war, was Herr Kirchner tat. Er saß einfach unbeweglich da und ließ sich die Welt in den Gläsern seiner Sonnenbrille spiegeln.

Hantsch fragte sich zum wiederholten Mal, ob er sich nicht gerade eine Rieseneselei einbrockte.

Jensen verlor als Erster die Nerven. »Jau, wollen mal über ein Geschäft …«, begann er.

»Können Sie etwas von der Karte empfehlen?«, fragte Herr Werner. »Vielleicht die Kutterscholle Finkenwerder Art, meine Großeltern mütterlicherseits stammen nämlich aus Finkenwerder, Herr …?« Er ließ das Satzende in der Luft flattern, wie einen Wimpel in frischer Brise.

»Jens… ich bin Jens«, stotterte Jensen.

»Und Ihr Kollege, hat der auch einen Namen?«

Hantsch zuckte herum, während Jensen eilig »Hans, er heißt Hans« sagte.

Die Getränke wurden gebracht. Herr Werner schnupperte an seiner Tasse und stieß einen wohligen Seufzer aus.

»So ein kleiner Ausflug ist zur Abwechslung ganz schön, nicht wahr, Herr Kirchner?« Er wartete nicht, ob Kirchner reagierte, was der auch nicht tat, sondern wendete sich Hantsch und Jensen zu.

»Ihr habt also was für mich, Jens und Hans.« Die Intonation der Namen reicherte er mit einem deutlich süffisanten Unterton an. »Wie viel?«

Hantsch beobachtete seinen Kompagnon gespannt.

»Dreihunderttausend müssen wir schon dafür haben«, sagte Jensen sehr leise.

»Und die Zusicherung, dass Sie das nicht an Kinder …«, wollte Hantsch zu seiner Seelenrettung hinzufügen.

»Halt die Klappe, Blödmann«, zischte Jensen.

»Ihr seid ja dicke Freunde und immer einer Meinung, nicht wahr?«, sagte Herr Werner schmunzelnd. »Ich will nicht wissen, wie viel ihr wollt, sondern wie viel Ware ihr habt. Also?«

»Das sind genau sechs Kilo.« Jensen zog eine kleine Plastiktüte aus seiner Jackentasche und legte sie auf den Tisch. »Da, eine Probe.« Er sah triumphierend zu Hantsch hinüber. »Siehst du, war doch gut, dass ich es gewogen habe.«

»Aber er ist damit einfach in die Apotheke rein und hat es da auf die Waage gelegt. Das war nicht sehr schlau, finden Sie nicht auch, Werner?«, sagte Hantsch.

»*Herr* Werner!«, zischte Herr Kirchner.

»Entschuldigung, das konnte ich nicht wissen«, murmelte Hantsch. Er krümmte sich ein Stück zusammen, während er spürte, dass Röte warm an seinem Hals emporstieg, wahrscheinlich fleckig, wie immer. In Herrn Kirchners Sonnenbrillenspiegel wirkte alles sepiafarben.

Herr Werner linste in die Tüte, bekam einen Hustenanfall, nickte röchelnd und hielt sie Herrn Kirchner hin. Der nickte ebenfalls.

»Genau sechs Kilo also«, sagte Herr Werner mit kratziger Stimme, wobei er noch einen kurzen Blick mit Herrn Kirchner wechselte. »Wo habt ihr das her?«

Mit »Sag ich nicht« übertönte Petter Hantschs schüchternes »Gefunden«.

»Dann sage ich euch Witzbolden was: Das wurde hier angeschwemmt, nicht wahr? In einem hübschen, roten Feuerlöscher«, erwiderte Herr Werner gemütlich. »Und wo habt ihr den Rest jetzt?«

»Im … autsch, müssen Sie mich ständig treten, Petter?«

»Versteckt«, sagte Jensen laut.

Herr Werner kicherte lautlos. Selbst Herr Kirchner kräuselte leicht die Lippen.

»Passt mal auf, Jens und Hans, oder Petter und Wieauchimmer, ihr gebt mir jetzt die Ware, die gehört nämlich mir, und wenn ihr das ohne Sperenzchen hinbekommt, könnt ihr von Glück sagen, wenn die Angelegenheit keine weiteren unangenehmen Folgen für euch hat. Ihr kriegt sogar einen Finderlohn, indem ich jetzt die Zeche zahle. Anschließend fahren wir gemeinsam mein Eigentum holen.«

Er winkte der Bedienung mit einem Geldschein, der wie durch Zauberei in seiner Hand aufblühte.

Hantsch versuchte, sich so klein zusammenzufalten, dass er in seinem eigenen Rucksack verschwinden konnte.

»Nee, nee«, sagte Jensen, »das wird nix. Wenn ihr nicht ordentlich zahlt, behalten wir das Zeug. Ihr könnt gerne abhauen, aber wir trinken noch einen.«

Herr Werner reichte der Bedienung mit einem »Stimmt so« den Geldschein.

»Wir gehen jetzt«, flüsterte er gepresst, als sie wieder unter sich waren.

»Und wenn nicht?«, meinte Jensen.

»Dann schießt dir Herr Kirchner die Eier weg, hier vor allen Leuten. Er trägt eine Pistole in der Jackentasche und die ist unter dem Tisch genau zwischen deine Beine gerichtet. Stimmt's, Herr Kirchner?«

Statt einer Antwort zog Herr Kirchner die Mundwinkel kurz nach oben.

Jensen erbleichte, presste die Knie zusammen und sagte tonlos: »Das könnt ihr nicht machen.«

»O doch, das können wir«, erwiderte Herr Werner. »Herr Kirchner ist ein hervorragender Schütze. Er schießt euch beiden die Eier weg und bevor hier jemand reagieren kann, sind wir von der Bildfläche verschwunden. Ihr singt dann nur noch im Knabenchor, falls ihr nicht verblutet. Bis der Rettungshubschrauber vom Festland kommt, das dauert.«

»Alles in Ordnung bei Ihnen?«, fragte die Bedienung, die gerade den Nebentisch abräumte.

Es war nicht allein die Drohung mit der Pistole, weswegen Hantsch sie nicht auf seine Kalamität aufmerksam machen konnte.

»Nein, nein, alles bestens«, antwortete Herr Werner stattdessen, »wir gehen jetzt.«

»Wir schließen sowieso gleich. Einen schönen Abend.« Mit vollgepackten Armen eilte sie davon.

»Steht auf«, sagte Herr Werner, während er sich selbst ächzend hochstemmte.

Herr Kirchner erhob sich synchron mit Hantsch und Jensen. Es wirkte sehr routiniert, wie er auffällig unauffällig die Hand in der Jackentasche auf sein Ziel ausrichtete und gleichzeitig genügend Abstand hielt.

»Rüber zum Parkplatz, zum grauen VW Schavan. Ihr geht am besten vor, ich bin nicht mehr so schnell.« Herr Werner hatte in seinen amüsiert-jovialen Ton zurückgefunden.

Kurz bevor sie das Auto erreichten, blieb Jensen stehen. »Mit dem Auto können wir da nicht hin.«

»Wieso?«, fragte Herr Werner säuerlich.

»Wir haben das Zeug in den Dünen versteckt, da kommt man nur zu Fuß hin. Ich kann es holen gehen«, haspelte Jensen.

Hantsch konnte ein entrüstetes Schnaufen nicht unterdrücken. »Wieso gerade du? Warum nicht ich?«

»Wir gehen alle oder keiner. Wo in den Dünen?«, fragte Herr Werner.

Bevor Jensen zu Wort kam, deutete Hantsch vage Richtung Nebel. »Da drüben …«

»Wie weit ist das?«

»Bestimmt zwanzig Minuten …«

»Oder länger, weil es bald dunkel wird«, rief Jensen.

»Mit Laien kann man einfach keine Geschäfte machen«,

knurrte Herr Werner. »Ihr macht nur Unsinn. Was habt ihr euch dabei gedacht? Was ist, wenn ein Spaziergänger den Stoff findet?«

»Man darf da nicht spazieren gehen«, sagte Hantsch.

Herr Werner tauschte wieder einen schnellen Blick mit Herrn Kirchner. »Gut, dann los. Geht vor, aber ein bisschen flott. Ich habe keine Lust, mit euch eine Nachtwanderung zu machen.«

Hantsch steuerte den Fußweg an, während Jensen, seiner mangelnden Ortskenntnis halber, einen Schritt zurückblieb.

Nach ein paar Hundert Metern schwand das Licht rapide und Hantschs Hoffnung stieg, dass er sich im Dunkel mit einem beherzten Satz in die Büsche aus der Affäre ziehen könnte. Er fand, Jensen sollte selber sehen, wie er klarkäme. Schließlich war der schuld an dieser vertrackten Lage. Wie er sich gebrüstet hatte mit »Ich kenne jemanden, der sich dafür interessiert« und »Mach dir nicht in die Buxe, ich organisier das«. Jetzt zitterte er vor Angst, vielleicht sogar mehr als Hantsch.

»Bleibt stehen. Wie weit ist es noch?«, schnaufte Herr Werner. Sein Keuchen steigerte sich von Minute zu Minute. Er produzierte ein Geräusch, als würde er mit offenen Lippen intensiv an einem Rohr saugen. Ein Räuspern folgte und das Keuchen ließ nach.

»Ich weiß nicht genau, noch ein Stück.« Bis eine geeignete Stelle kommt, fügte Hantsch in Gedanken hinzu.

»Wie weit? Oder sucht ihr nur eine Gelegenheit zum Abhauen?«

»Nein, nein …«, stotterte Hantsch hastig, »ich bin froh, wenn wir den Kram loswerden. Ich will damit nichts mehr zu tun haben. Für so was bin ich nicht der Richtige, das können Sie mir glauben, Herr Werner.«

Herr Werner lachte und erwiderte: »Und wie ich das glaube, nicht wahr, Herr Kirchner?«

Herr Kirchner antwortete mit einem undefinierbaren Knurrlaut.

»Was ist?«, fragte Herr Werner.

»Ich habe Sand im Schuh«, sagte Herr Kirchner, seine erste Äußerung, die Hantsch vernahm. Die fremde Stimme jagte ihm einen Schrecken ein, sie war zwar bestens moduliert, aber nur, wenn man Gefallen an Hyänengebell gefunden hätte.

»Nicht stehen bleiben«, sagte Herr Werner.

Sie trotteten weiter in die Dunkelheit hinein. Hantschs Hoffnung auf Spaziergänger, auf deren Hilfe er vielleicht bauen könnte, erfüllte sich nicht. Die Besucher des Cafés rollten auf der Fahrstraße, die hinter einem schmalen Streifen Krüppelwald parallel Richtung Nebel verlief. Manche auch mit Fahrrädern, wie an vorüberziehenden Stimmen deutlich wurde.

Es dauerte nicht lange, bis Herrn Werners Geduld ihren Zenit erreicht hatte. »Was ist jetzt? So viel bin ich nicht mehr gelaufen, seit ich Schulkind war. Wenn ihr mich auf den Arm nehmen wollt, dann wird euch das noch leidtun.«

»Wir sind bald da«, erwiderte Hantsch mit wackeliger Stimme. Er kannte die Strecke und wusste, dass er bald etwas unternehmen musste.

Das Gehölz links des Wegs würde bald einer offenen Sandfläche weichen und dahinter würde das Waldstück beginnen, an das die ersten Häuser des Nebeler Ortsteils Westerheide angrenzten. Bis dorthin könnte er Werner sicher nicht mehr führen.

Bei einer Bank blieb Hantsch stehen. »Hier links müssen wir rein. Es ist zwar verboten, aber die Beschilderung ist so spärlich, dass man das leicht übersehen kann. Daran müsste die Kurverwaltung dringend arbeiten.« Obwohl sein Mund vor Aufregung so trocken war, dass er kaum reden konnte, verkniff er sich diesen Hinweis nicht. Er klammerte sich an eine trügerische Normalität, die für ihn im Begutachten und Bewerten von Beschilderungen bestand.

Ein sandiger und spärlich bekrauteter Hang erwartete sie. Herr Werner machte ein paar Schritte, bis er keuchend stehen blieb. Erneut ertönte das Sauggeräusch und das Keuchen ließ etwas nach.

»Ich bleibe hier. Schafft den Kram sofort herbei, sonst sollt ihr mich kennenlernen. Herr Kirchner, gehen Sie mit und wenn die beiden irgendetwas versuchen, zerschießen Sie ein paar Kniescheiben oder legen Sie gleich einen um. Um solche Dummköpfe ist es nicht schade.«

Die Zustimmung Herrn Kirchners bestand aus einem Knurren.

Trotz des lichten Gehölzes wurde es nach wenigen, mühsamen Metern noch dunkler.

»Langsam«, knurrte Herr Kirchner von hinten.

»Aber Herr Werner hat gesagt, wir sollen uns beeilen«, sagte Jensen.

»Klappe halten«, lautete die Antwort.

Der Sand gab unter den Schuhen nach, jeder Schritt musste erarbeitet werden. Nach der kurzen Steigung ging es hinunter und wieder hinauf. Schon nach kurzer Zeit hechelten sie zu dritt. Sie überquerten eine Lichtung, dahinter erschien der Bewuchs dicht und dunkel.

»Wo?« Herr Kirchner klang sehr ungehalten.

»Da, hinter den Bäumen ist es.« Die Anspannung in seiner stockenden Stimme konnte Hantsch im allgemeinen Geschnaufe verbergen.

Auf einem Karnickelpfad trat Hantsch in das Gehölz, das sich dort in eine Senke hineinzog. Den ersten Schritt abwärts nutzte er. Er sprang vom Pfad über einen niedrigen Busch und rannte geduckt ins Dunkel.

»Bleibt stehen!«, brüllte Herr Kirchner. Hantsch warf sich auf den Bauch, presste den Kopf auf den Boden und pinkelte sich in die Hose.

Er hörte Getrampel, Ästeknacken, einen unterdrückten Schrei und einen dumpfen Knall. Bis auf ein sachtes Rauschen, das von Wind und Brandung herrührte, blieb danach alles still.

Hantsch lauschte angestrengt. Er hörte nichts. Keine Schritte, kein Schnaufen oder Keuchen.

Er wusste, dass Katzen geduldig verharren, bis sich die Beute rührt. Ich bin gewitzter als eine Maus, sagte er sich, und wenn es die ganze Nacht dauert. So lange wird dieser Verbrecher nicht warten wollen.

Schier endlose Minuten später nahm er Bewegung wahr. Sofort krabbelte Hantsch so leise wie möglich in die Richtung, die er sich vorgenommen hatte. Weiter in die Dünen hinein, ob es nun verboten war oder nicht. Es ging für ihn um ein höheres Rechtsgut, nämlich Leib und Leben eines Verwaltungsangestellten.

»Herrje, das glaub ich nich«, hörte er Jensen von Weitem sagen.

Hantsch erstarrte.

»So'n Dösbaddel ... Und ich brech mir fast die Gräten«, grummelte Jensen weiter. »Hantsch, wo steckst du? Komm raus, der Kerl hat sich selbst ...«

Hantsch stellte sich vor, wie Herr Kirchner Jensen bedrohte. Mit der Pistole am Kopf oder an einem anderen, weitaus edleren und wahrscheinlich erheblich besser funktionierenden Körperteil dieses Gnoms. Also wollte er abwarten.

»Hantsch, komm raus, du musst mir helfen. Jetzt haben wir noch so eine Schietleiche, verdammich.«

Das klang ziemlich überzeugend, fand Hantsch, aber man wusste ja nie.

»Hantsch, ich hab mir den Knöchel verstaucht, hilf mir!«

Das konnte ja jeder sagen, dachte Hantsch. Auf solche billigen Tricks würde er, der Bedienstete des Luftkurortes Bad Gruntz, nicht hereinfallen.

Allerdings fühlte er, dass irgendwas über seinen Kopf krabbelte. Irgendwas, das wegen seiner Größe und Vielbeinigkeit nicht ignoriert werden konnte. Etwas, das sich gefährlich dem Ohr näherte. Das offenbar genau dort hineinkrabbeln wollte …

»Aahh!«

»Was ist los? Hast du was abgekriegt?«, rief Jensen nach einer Schrecksekunde.

»Eine Spinne … oder ein Käfer …«

Jensens Mitgefühl bestand aus einem vernehmlichen Schnaufen. »Komm her und hilf mir, dieser dösige Kerl liegt auf mir drauf und ich stecke mit einem Fuß fest.«

»Bist du sicher, dass er tot ist und dir nicht die Pistole an den Kopf hält, damit du mich anlockst?«

»Der hat sich selbst eine Kugel verpasst, glaube ich. Jedenfalls rührt er sich nicht mehr, egal wie ich an ihm zerre und stoße. Mit Kitzeln hab ich's auch schon probiert.«

Hantsch überlegte krampfhaft, welchen Beweis er verlangen könnte. »Sprich nach: Herr Kirchner ist ein übler, ein scheußlicher … ähm, ein … ein verachtenswertes Individuum.«

»Sag mal, hast du eine Schraube locker?«

»Sprich es genau so nach, sonst bleibe ich in meinem Versteck.«

»Das kann ja wohl nicht wahr sein! Du bist doch völlig plemplem.«

»Sag's oder ich verdrücke mich.«

»O Mann, das gibt's doch nicht«, jaulte Jensen. »Du bist so bescheuert, aber gut. Herr Kirchner ist ein fieser ... äh, wie war das noch mal?«

»Ein fieser Gesetzesbrecher ...«

»Ein fieser Gesetzesbrecher und jetzt komm und hilf mir.«

»Herr Kirchner ist ein abscheulicher Bösewicht, der keinen ... keinen hochkriegt. Sag das.«

»Was soll der Scheiß, Hantsch? Der Kerl ist dod, hinüber, abgenibbelt, verstehst du? Mach endlich, der ist ziemlich schwer und drückt mir das Blut ab.«

Ganz langsam und leise erhob sich Hantsch. Als er nichts weiter erlauschte als Jensens Geschniefe, stolperte er dorthin.

Tatsächlich, er fand Jensen unter Herrn Kirchner begraben. Jensen lag auf dem Bauch im Gestrüpp und steckte mit einem Fuß tief in einem Kaninchenloch.

»Ist der wirklich tot?«

»Weiß ich nicht, zieh ihn endlich von mir runter!«

Auch wegrollen ließ sich Herr Kirchner nicht ohne ausdauernden Widerstand. Hantsch musste die Backen mächtig aufblasen, bis er es endlich unter Jensens Schimpfen vollbracht hatte.

»Ich fühle mal den Puls ...« Wäre Hantsch ehrlich gewesen, hätte er zugegeben, dass er von Erster Hilfe keine Ahnung hatte. Er hatte zwar mal einen Kursus absolviert und sogar eine Bescheinigung erhalten, die er sorgfältig aufbewahrte, trotzdem suchte er hilflos am Handgelenk nach der richtigen Stelle.

»Ich glaube, da ist noch was. Was soll ich machen? Mund-zu-Mund-Beatmung?«

»Weiß ich doch nicht, ist mir auch egal. Mann, tut das weh.« Jensen rieb sich den Knöchel. »Warum hast du mir kein Zeichen gegeben, als du in die Büsche gesprungen bist? Ich war noch mehr überrascht als der Kerl da. Wenn ich da nicht reingetreten und gefallen wäre, hätte der mich erwischt.«

Hantsch gab keine Antwort. Es wäre ihm auch schwergefallen, denn er presste seinen Mund auf Herrn Kirchners Mund und blies, als habe er eine Luftmatratze in Arbeit.

Was ihm allerdings viel angenehmer gewesen wäre, denn die Matratze hätte nach Kunststoff und nicht nach Bier gerochen und mangels Lippen weit weniger Intimitätsgefühle erzeugt.

Nicht lange und ihm ging die Puste aus. Er öffnete Herrn Kirchners Jackett, packte dessen Hemd am Kragen und riss es mit einem Ruck, denn jede Minute zählte, auf, dass die Knöpfe nur so davonspritzten. Seine Hände fühlten Brustfell, aber sie griffen unbeirrt zu.

»Was soll das sein, Herzmassage?«, fragte Jensen, der sein Leid mit dem Knöchel über Hantschs hektischem Geknete offenbar kurzfristig vergaß.

»Ja. Wie lange muss man das eigentlich machen?«

»Spielt bei dem keine Rolle mehr …«

Hantsch, in Schweiß gebadet, hielt keuchend inne. »Ich werde mich keiner Pflichtverletzung schuldig machen.«

Er beugte sich wieder über Herrn Kirchner.

»Mach nur, Blödmann, bis der Fettsack hier auftaucht und dir eine Kugel in den Wanst jagt.«

Jensen stemmte sich hoch. Hantsch bemerkte mit einem Seitenblick, dass er offenbar Herrn Kirchners Pistole an sich genommen hatte.

»Was willst du mit der Waffe?«

»Ich lasse mich nicht übern Haufen schießen. Außerdem kann man mit dem Ding gleich ganz anders verhandeln.«

»Aber wir sind keine ... So sind wir doch nicht ...«

Jensen knurrte etwas Undefinierbares und humpelte langsam davon.

Zögernd ließ Hantsch von Herrn Kirchner ab, der absolut keine Regung mehr zeigte. Eine weitere Leiche war schwer verkraftbar. Aber er musste Jensen folgen und Schlimmeres verhüten. Falls das überhaupt noch möglich war.

Die nackten Sandflächen reflektierten immer noch so viel Licht, dass der Rückweg nicht allzu schwer zu finden war.

»Herr Kirchner? Warum dauert das so lange? Hast du sie umgelegt?«, tönte Herrn Werners Stimme vom Weg her, als sie sich vorsichtig den kurzen Hang zum Weg hinunterarbeiteten.

»Hallo? Warum sagst du nichts?«, rief Herr Werner.

»Deinen Herrn Kirchner hat's erwischt«, meinte Jensen bei den letzten Schritten zur Bank. »Der hätte mal nicht so viel mit der Knarre rumwedeln sollen.«

»Aber ...«

Herr Werner sank auf die Sitzfläche zurück, von der er sich schon halb erhoben hatte. Ein immer stärker werdendes Keuchen drang aus den Tiefen seines massigen Leibs. Seine Rechte fuhr in die Jacke.

Sofort war Jensen bei ihm und schlug die Hand in dem Moment zur Seite, als sie wieder zum Vorschein kam. Ein Gegenstand sauste davon und verschwand in der Dunkelheit. Herr Werner streckte die Arme danach aus und wollte etwas sagen, aber außer »Da, da« und mehr Gekeuche kam nichts heraus.

»Ohne deine Knarre und deinen Nussknacker bist du nur eine Bangbüx, was?«, sagte Jensen.

»Ich glaube, das war keine Waffe, das war ein Notfallmittel gegen Asthmaanfälle!«, rief Hantsch. Er wuselte sofort am Boden in der Flugrichtung herum.

»Hilf mir suchen, der stirbt sonst auch noch. Das Ding ist hier irgendwo im Sand gelandet«, rief er Jensen zu, der in Revolverheldhaltung neben dem unablässig Keuchenden verharrte.

»Da kommt jemand«, zischte Jensen. »Schiet, das fehlte gerade noch. Der Fettsack macht alles rebellisch!«

Hantsch hielt inne und drehte sich zu Herrn Werner um, dem Jensen den Mund zuhielt. Prompt erschlaffte dessen Körper, der Kopf sackte zur Seite. Jensen nahm die Hand weg und aus Herrn Werners Mund quoll nur noch ein leichtes Röcheln.

»Nee, schau, der ist umgekippt ...« Jensens Erläuterung wurde durch einen Spitz gestört, der herangetrippelt kam, verharrte und ein messerscharfes Gebell anstimmte.

»Was ist denn los? Aus, Streiter!«, rief eine Männerstimme aus dem Dunkel.

»Komm her, Hantsch«, presste Jensen durch die Zähne. Er setzte sich neben Herrn Werner und legte dem Dicken einen Arm um die Schulter.

Kaum dass auch Hantsch Platz genommen hatte, tauchte die helle Windjacke des Hundebesitzers auf. Erst als er den Hund mehrmals zurechtwies, stellte der sein Bellen ein und verlegte sich auf gelegentliches Knurren.

»Entschuldigung, da hat er sich wohl erschreckt. Streiter ist sonst ganz brav, der will nur spielen.«

»Wir haben uns auch erschreckt«, erwiderte Jensen.

»Tut mir leid, wir machen jeden Abend einen kleinen Gang an den Strand und hier trifft man im Herbst eigentlich nie mehr jemanden. Wenn ich gewusst hätte ...« Er schlenkerte mit der Hundeleine.

»Wir mussten uns nur ein bisschen ausruhen«, murmelte Hantsch.

»Ihr Freund da, ist dem nicht gut?«

»Der hat einen Pharisäer zu viel gesoffen«, knurrte Jensen.

»Ei, ei, ei«, sagte der Spaziergänger und kam zwei Schritte näher. »Ich hoffe, ihr müsst den nicht nach Hause tragen.« Er kam noch näher. »Soll ich helfen? Ich bin zwar pensioniert, aber ich war Rettungssanitäter.«

»Nein, nein«, erwiderte Jensen hastig, »wir kriegen den schon wieder auf die Beine. Das liegt nur am Rum.«

»Sicher?« Der Mann schnupperte. »Ich rieche aber nichts. Hat er denn so viel getrunken? Das muss nicht am Rum liegen, es könnte auch was anderes sein.«

»Ach was, er besäuft sich öfters am Rum, das ist nix Neues. Ich sag immer: Sauf nicht so viel. Aber er hört ja nicht.« Jensen bemühte sich sehr um einen gleichgültigen Tonfall.

Inzwischen schnüffelte der Spitz um die Bank herum. Sein helles Fell leuchtete da und dort auf.

»Streiter, komm«, rief der Spaziergänger. Mit einem Gegenstand im Maul gesellte sich der Hund zu ihm.

»Ach, was hast du denn da schon wieder für einen Dreck aufgesammelt? Aus, lass los.« Er bückte sich danach.

»Unglaublich, was die Leute hier alles in die Landschaft werfen. Ich habe immer eine Plastiktüte dabei und die wird jeden Tag voll. Und beileibe nicht nur mit dem, was Streiter so loswerden muss, Sie verstehen.« Er öffnete die schon leicht ausgebeulte Tüte und ließ den Gegenstand hineinplumpsen. Währenddessen hob der Spitz ein Hinterbein an Herrn Werners Hose, als ob er ihn zum Tanz auffordern wollte.

»Streiter, lass das! Willst du wohl ...« Der Spaziergänger schlug halbherzig mit der Leine nach seinem Hund.

»Das tut mir schrecklich leid, das hat er ja noch nie gemacht. Ich zahle natürlich die Reinigung, warten Sie.« Er wühlte in der Innentasche seiner Jacke.

»Lassen Sie nur«, sagte Hantsch, »das ist nicht schlimm. Herr Werner ist ein Hundefreund und die Hose war sowieso nicht mehr die sauberste.«

»Nein, nein, ich möchte den Schaden gerne begleichen.« Der gezückten Brieftasche entwuchs ein Geldschein.

»Hast du nicht gehört?«, knurrte Jensen. »Wir brauchen kein Geld und mit dem Fettsack werden wir schon alleine fertig. Wir genießen nur noch die gute Seeluft, und das am liebsten alleine.«

Der Mann trat prompt einen Schritt zurück. Geldschein und Brieftasche verschwanden. Der Hund knurrte zurück.

»Wie Sie meinen. Komm Streiter, wir gehen, hier ist unsere Hilfe offenbar unerwünscht. Bei Fuß jetzt und keine Faxen mehr.«

Nach kurzer Zeit gerieten Windjacke und Fellbündel außer Sicht.

»Das war das Asthmaspray«, bemerkte Hantsch tonlos.

Passend zu der Bemerkung schlug Herr Werner die Augen auf. »Hil...«

Jensen presste sofort seine kräftige Pranke wieder auf Herrn Werners Mund. Der Dicke zappelte, wand sich, seine Arme ruderten herum.

»Hantsch, hilf mir, ihn festzuhalten, wenn der Sülzkopp mit seinem Köter zurückkommt, sind wir geliefert!«

Zaghaft griff Hantsch nach Herrn Werners Armen. Solche Brutalitäten waren ihm zuwider.

»Vorsichtig, erstick ihn nicht …«, hauchte er.

Je mehr Herr Werner zappelte, desto fester presste Jensen, bis die Augen des Dicken hervorquollen.

Herr Werner zuckte und zitterte.

»Ruhig bleiben, dann lasse ich los«, raunte Jensen.

Herr Werner bäumte sich noch einmal auf und dann stellte er den Widerstand ein.

»Na siehst du, geht doch.« Jensen schnaufte.

Hantsch ließ Herrn Werners schlaffe Arme los. Übelkeit stieg in ihm auf. Vorgestern war er noch ein Tourist, wie Tausende andere, aber heute … Jahrelang konnte er schöne Herbsturlaube auf dieser Insel verbringen, aber er spürte, dass dies nun ein abruptes Ende nahm. Unumkehrbar. Alles wurde immer schlimmer. Es roch auch noch abscheulich.

»Er hat sich in die Hose gemacht«, flüsterte er.

»Was, wieso?« Jensen schnüffelte. »Tatsächlich, meine Güte, stinkt das.«

»Was machen wir jetzt?« Dumpfe Furcht brachte Hantschs Stimme zum Wackeln. »Jetzt haben wir drei …«

»Was? Der auch?« Jensen warf sich zurück gegen die Bank.

»Ja, ich glaube schon. Weil er sich in die Hose gemacht hat …«

»Dieser fette Drecksack.« Jensen schlug mit der flachen Hand auf Herrn Werners prallen Oberschenkel. »Jetzt müssen wir uns auch noch um den kümmern. Selbst schuld ist er, mit seiner Bescheißertour.«

»Nun gehen wir aber am besten zur Polizei«, sagte Hantsch leise.

»Spinnst du? Die buchten uns sofort ein.«

»Aber das waren alles bedauerliche Unfälle ...«

»Ja und? Meinst du, die glauben uns? Ich hab keinen Bock auf Scherereien, bei denen ich am Ende im Knast lande. Mensch, überleg doch mal, mindestens Hundertfünfzigtausend für jeden von uns.«

»Aber die Leichen ...« Hantschs Mutter hatte ihm stets eingetrichtert, wie wichtig es sei, wenn er sein Gewissen entlastete. Ansonsten würde alles immer schlimmer werden.

»Damit wird Sonja schon fertig, wirste sehen.«

»Zuchthaus, wir kommen ins Zuchthaus ...«

»Sabbel keinen Schiet, es gibt kein Zuchthaus mehr«, sagte Jensen. »Ich laufe jetzt runter zum Parkplatz und hole die Karre. Da packen wir den Fettwanst rein und morgen kommt Sonja, die holt die ... den ganzen Kram weg.«

»Und ich?«, fragte Hantsch bebend. »Ich will nicht mit dem, der Leiche, alleine, also ...«

»Die tut nix mehr, außer stinken.« Jensen erhob sich.

»Warte, was ist, wenn der Mann mit dem Hund wieder zurückkommt? Der merkt sofort, dass hier was nicht stimmt.«

Petter winkte ab. »So schnell kommt der bestimmt nicht. Und wenn, keine Angst, der ist völlig verpeilt. Wenn er dich nervt, schickst du ihn eben weg.«

Hantsch erhob sich ebenfalls. »Wenn du mich jetzt alleine lässt, gehe ich sofort zur Polizei.«

»Was? Ja, zum Düwel, dann schaffen wir ihn halt zu seinem Bootsmann, du Weichei. Los, pack an.«

*

Budde duckte sich so tief in den Sitz, dass er gerade noch beobachten konnte, was Katelbeck anstellte.

Sein Magen knurrte erbärmlich, weil ihm die Überwachung des Porschefahrers keine Zeit für einen Imbiss gelassen hatte. Kreuz und quer war er ihm für fast eineinhalb Stunden über die Insel gefolgt, in denen der Porsche scheinbar ziellos durch die Straßen streifte.

Er musste dabei zusehen, wie Katelbeck sich einen Kaffee auf die Hand holte und später noch für ein Eis kurz anhielt.

Danach brauste er nach Wittdün und verschwand auf dem uneinsehbaren Privatparkplatz eines Apartmenthauses.

Nach drei Stunden, in denen Budde sein Pausenbrot vertilgte und seine Thermoskanne leerte, die er anschließend zum Pullern brauchte, wobei er einen tiefen Groll gegen diesen Kerl entwickelte, kam der Porsche wieder heraus und rollte gemächlich Richtung Nebel.

Budde war froh, dass er seinen Beobachtungsposten verlassen konnte, denn er blockierte erneut ein Stück eines Gehwegs und musste sich dafür ein paar Mal von Passanten beschimpfen lassen.

Der Porsche hielt vor der Bar *Blaue Maus.* Für mindestens eine Stunde blieb Katelbeck im Lokal, in das sich Budde wegen seines schmutzigen Blaumanns nicht hineintraute. Inzwischen war aus dem tiefen Groll blanker Hass geworden. Personen zu überwachen, war beileibe kein spannender Job, das brauchte ihm niemand mehr vorzumachen.

Aber nun hatte er schon so viel Mühe in seinen Plan investiert, dass er fürchtete, der Kerl würde sich auf den Weg zu seinem Geldspeicher machen, sobald Budde die Verfolgung abbrach.

Deswegen war er ihm bis auf den Parkplatz am Ende des Strunwai gefolgt und beobachtete nun, wie Katelbeck, an seinen Wagen gelehnt, die Abendsonne genoss, die sich in den Gläsern seiner Sonnenbrille spiegelte.

Budde wusste, dass Katelbeck nicht zum Vergnügen dort stand. Jensens Caddy parkte hier und außerdem drehte Katelbeck oft den Kopf und blickte zum *Strandpirat* hinauf.

Fast konnte Budde die Bratkartoffeln und den Grillfisch riechen. Ihm war schon übel vor Hunger.

Zunächst ohne ersichtlichen Grund gab Katelbeck seinen Platz am Porsche auf und zog sich gemächlich hinter einen Minivan zurück, das Lokal stets im Auge.

Von dort kam ein Grüppchen Männer zum Parkplatz und Budde erkannte trotz der einsetzenden Dunkelheit neben Jensen in einem langen Lulatsch den Bruchpiloten vom Tonnenhafen. Die Männer blieben einen Moment stehen und diskutierten, dann schlugen sie den Fußweg Richtung Nebel ein.

Auch Katelbeck starrte ihnen nach. Ein paar Minuten danach schlenderte er an die Seite des Caddys, wo er ungeniert herumfummelte. Dann verschwand er im Führerhaus. Kurze Zeit später stieg er wieder aus, fummelte erneut einen Moment an der Fahrertür und probierte danach erfolglos die Hecktüren.

Als Nächstes postierte er sich wieder am Porsche.

Es wurde stetig dunkler. Spaziergänger kamen vom Strand zurück und der Parkplatz leerte sich zusehends.

Weil Katelbeck kaum noch zu sehen war, musste Budde aus seiner Kiste aussteigen und sich näher anschleichen.

Gerade noch rechtzeitig, denn Katelbeck spazierte hinüber zum Fußweg, auf dem das Grüppchen mit Jensen verschwunden war.

Budde hatte längst Lust an der Verfolgung verloren. Trotzdem kam ihm die Situation sehr merkwürdig vor. Er fragte sich, wo die alle hinwollten, obwohl ihre Autos hier standen. Irgendwas mussten die im Schilde führen.

Aber zwischen hier und Westerheide gab es nichts, außer Sand und Gestrüpp, das wusste er genau. Deshalb entschied sich Budde für das Warten auf dem Parkplatz. Folgte er Katelbeck, bestand sogar die Gefahr, dass er direkt in dessen Arme lief.

Er inspizierte Jensens Caddy. Die fehlende Scheibe war durch eine nachlässig angeklebte Folie ersetzt. Ein Umstand, den Katelbeck offenbar zum Einsteigen genutzt hatte. Für Buddes Augen bot das Führerhaus nichts Interessantes. Gerade als er zurück zu seinem Wagen gehen wollte, hörte er einen Hund bellen und zwei Männer reden.

Eine Stimme erzählte von aggressiven Betrunkenen auf einer Bank und von Müll, der überall hingeworfen werden würde. Ein Fettsack säße dort, der wäre völlig breit, aber helfen lassen wollten sie sich nicht, obwohl er doch vor der Rente Rettungssanitäter gewesen sei.

Die hätten sich wirklich komisch benommen, so als hätten sie was angestellt. Wahrscheinlich hätten die irgendwelche Drogen genommen, einfach nur Suff könne das nicht sein. Die Polizei wolle er aber diesmal nicht verständigen, die wären in letzter Zeit ziemlich frech zu ihm gewesen, wohl weil sie lieber auf der Wache säßen, als ihre Arbeit zu machen.

Die andere Stimme begnügte sich mit vielen Jas und Ahas und klang so, als ob sie sehnlichst auf das Ende der Erzählung wartete.

Dann kläffte der Hund wieder und die Stimme rief »Streiter, aus« und »Der tut nichts, der will nur spielen«.

Kurz danach war das Gespräch beendet. Nur noch Gebell und ein paar »Streiter, lass den Blödsinn« und »Streiter, bei Fuß« erklangen aus immer größerer Entfernung.

Budde sah auf die Uhr und beschloss, dass er noch zwanzig Minuten warten würde. Wenn sich bis dahin nichts mehr tat, wollte er die Sache für heute aufgeben.

Kurz bevor es so weit war, tauchten Jensen und der lange Lulatsch auf. Obwohl Budde es nicht genau erkennen konnte, hatte er den Eindruck, dass sie vom Fahrweg her gekommen waren. Sie stiegen in den Caddy und fuhren los.

Budde wartete einen Moment, dann folgte er ihnen. Wo Katelbeck wohnte, wusste er ja nun, jetzt würde er nur noch herausfinden, wo diese beiden hinwollten.

*

»Was machen wir denn jetzt?«, fragte Hantsch. Er kauerte auf dem Sitz, hielt die Hände in den wärmer werdenden Luftstrom der Heizanlage und schlotterte dennoch vor Erschöpfung und Kälte. Oder Gewissensbissen. Oder allem zusammen, er wusste es selbst nicht.

»Mensch, hast du Sand in den Ohren? Hab ich dir schon drei Mal erklärt. Ich rufe Sonja an, die kommt und holt das Gesindel ab. Wir kümmern uns drum, dass wir den Koks an jemand anders verscherbeln. Kapiert?«

»Aber an wen? Wir können schließlich kein Inserat aufgeben.«

»Hast du den vergessen, zu dem uns Madeleine schleppen wollte? Katelbach, glaub ich.«

»Ich meine, sie hat von Katelbeck gesprochen. Kennen Sie den denn?«

»Bist du blöd? Wie kommst du darauf?«

»Ich verbitte mir das, ein für alle Mal, Sie ungehobelter … Strolch.« Hantsch hielt die Luft an ob seines eigenen Muts. Aber er konnte sich schließlich nicht dauernd beschimpfen lassen.

»Reg dich ab und frag nicht so dusselig. Wenn ich den kennen würde, hätte ich den Fettsack nicht angerufen. Wo soll ich dich absetzen?« Sie hatten inzwischen den Ort erreicht.

»Hier irgendwo, das ist egal. Den Rest kann ich zu Fuß gehen. Wo wollen Sie jetzt hin?«, sagte Hantsch.

»Nach Honolulu.«

»Wie bitte?« Hantsch starrte Jensen an.

»Nach Hause natürlich, du …« Jensen schluckte gerade noch rechtzeitig das Satzende hinunter.

Er steuerte die Bushaltestelle an und hielt.

»Und wie soll das mit diesem Katelbeck gehen, wenn wir ihn nicht kennen und nicht wissen, wo er wohnt?«, fragte Hantsch, die Hand auf dem Türgriff.

»Fällt uns schon was ein. Ich komm morgen wieder. Ich hab in Norddorf noch ein paar Kunden«, brummte Jensen.

»Dafür, dass Sie auf Amrum wohnen, kennen Sie sich aber ziemlich schlecht hier aus«, meinte Hantsch stirnrunzelnd.

»Wie kommst du darauf, dass ich auf diesem Sandhaufen wohne? Ein fleißiger Handwerker wie ich kann sich hier noch nicht mal ein anständiges Besäufnis leisten.«

Hantsch schwieg und überlegte.

»Wolltest du nicht aussteigen?«, meinte Jensen.

»Wie kommen Sie nach Hause?«, fragte Hantsch. »Haben Sie ein Boot?«

»Was sabbelst du für einen Schiet? Ich fahr runter zur Fähre und dann ab.«

Hantschs Armbanduhr zeigte fast neun Uhr, wie er sich vergewisserte. »Aber jetzt fährt keine Fähre mehr.«

»Häh? Wieso? Es ist doch noch nicht spät.«

»Die letzte fuhr planmäßig ab Wittdün 17:25 Uhr, an Wyk 18:25 Uhr, an Dagebüll …«

»Was? Woher willst du das wissen?«

»Ich kenne den Fahrplan.«

»Auswendig?«

Hantsch nickte. »Auswendig.«

»Schiet, das wusste ich nicht. So lange war ich noch nie auf diesem Striedelsand.« Jensen kam sichtlich ins Grübeln. »Muss ich wohl im Auto pennen.«

Hantsch blieb der Mund offen stehen. »Im Auto? Etwa hinten bei ...«, stotterte er, als er sich ein wenig gefasst hatte.

Jensen zuckte die Schultern. »Wenn ich Madeleine erst mal angewärmt habe ...«

Hantsch schüttelte sich. »Sie sollten sich ein Zimmer nehmen«, sagte er.

»Rechter Daumen zu kurz«, knurrte Jensen und zeigte dabei die Fingerbewegung des Geldzählens.

Trotz allem, was sich dieser Lümmel im Lauf des Tages geleistet hatte, war Jensen in Hantschs Augen ein erwachsener Mensch und musste selbst wissen, was er zu tun hatte. Andererseits fühlte er sich nun in der Pflicht. Edel sei der Mensch, hilfreich und gut. Das hatte ihm seine Mutter eingetrichtert, wenn nötig auch mit dem Rohrstock.

»Wir erwarten ja über kurz oder lang eine größere Zahlung. Bis dahin kann ich das auslegen«, sagte er langsam.

»Meinetwegen«, brummte Jensen.

»Wir fahren am besten in mein Hotel. *Zur Alten Reuse* heißt das. Ist recht komfortabel.«

»Wir sind voll belegt, tut mir leid.« Der Portier zog bedauernd die Schultern hoch.

Hantsch bedankte sich, nahm seinen Schlüssel und trottete wieder hinaus zum Parkplatz. Jensen versuchte dort, die Folie vor dem glaslosen Seitenfenster wieder festzukleben.

Mit den drei großen Bieren, die er sich zum Schnitzel mit Pommes in den Rachen gegossen hatte, fiel ihm die Aufgabe erkennbar schwer. Hantsch musste zum Tee ein Mineralwasser bestellen, mit dem er sich in einer dunklen Ecke hinter dem Stand die Hände wusch. Erst im Licht war ihm aufgefallen, dass sie voll getrocknetem Blut von Herrn Kirchner waren.

Jetzt ärgerte er sich, dass er nicht darauf bestanden hatte, früher im Hotel nach dem Zimmer zu fragen. Aber Jensen hatte behauptet, dass er etwas in den Magen bekommen müsse, er würde sonst umfallen.

Wahrscheinlich, sagte sich Hantsch, wollte er bloß die Spendabilität seines neuen Geschäftspartners ausnutzen, bevor der es sich anders überlegte.

Jedenfalls sah Jensen nicht mehr so aus, als könne er sich anderswo ein Zimmer suchen.

»Das Hotel ist leider ausgebucht«, sagte Hantsch in der Hoffnung, Jensen könnte doch noch einen Plan B parat haben.

»Penne ich halt im Auto«, brabbelte Jensen verwegen.

»Nein, das geht nicht. Das fällt auf. Stellen Sie sich vor, da ruft jemand die Polizei. Wenn die einen gründlichen Blick in den Wagen werfen ...« Hantsch fuchtelte in der Luft herum. »Wo steckt eigentlich der Löscher mit dem Zeug?«

»Immer noch im Laderaum.« Jensen rülpste lautstark.

»Dann werde ihn jetzt mit hineinnehmen.«

»Nee du, den behalt ich im Auge. Nachher brennst du damit durch.«

Hantsch verdrehte die Augen. »Werde ich sicher nicht.«

»Das kann ja jeder sagen. Vertrauen is gut, aber Komm... trolle... ups.« Ein erneuter Rülpser beschloss Jensens Versuch der Widerrede.

Nichts fürchtete Hantsch in diesem Augenblick mehr, als dass Jensen Aufsehen erregte. Nur einen einzigen, jedoch äußerst unangenehmen Ausweg konnte er erkennen.

»Sie kommen auch mit hinein. Und jetzt öffnen Sie den Laderaum.«

Jensen gehorchte. Es kostete Hantsch eine Menge Überwindung, doch er war überzeugt, dass es besser sei, wenn sich das Rauschgift im Hotelzimmer und in seiner Obhut befände. Und Jensen am besten gleich dazu.

Er vermied jeden Blick auf den Berg von Gerümpel, unter dem er die Leiche wusste. Vorsichtig stakste er zur Werkbank und packte den Löscher von dort in einen leeren Karton. Anschließend vergewisserte er sich zweimal, dass die Hecktüren sorgsam verschlossen waren.

»Wir nehmen den Nachteingang, der Portier braucht Sie nicht zu sehen. Und seien Sie gefälligst leise.«

Jensen brabbelte etwas, trottete aber folgsam hinterher. Hantsch lief wie auf Scherben, bis er endlich seine Zimmertür hinter ihnen geschlossen hatte.

Jensen ließ sich nicht lange bitten, sondern warf sich auf Hantschs penibel hergerichtetes Bett.

»Herrliche Koje«, sagte er seufzend, sah sich um und grinste. »Sagenhaft, was die alles für einen Gnasselkram gesammelt haben.«

Hantsch war klar, dass Jensen die vielen maritimen Dekorteile meinte, mit denen die Wände überzogen waren.

»Ich finde das schön«, erwiderte er. »Noch schöner fände ich, wenn Sie mit Ihren Schuhen von meinem Bett herunterkämen. Überhaupt, Ihre Garderobe strotzt vor Dreck. Sie verschmutzen meine Decke.«

»Hast du dir mal deine Klamotten angesehen?«, meinte Jensen, ohne sich auch nur einen Millimeter zu bewegen.

Im Spiegel am Schrank erkannte Hantsch, warum ihn der Portier so merkwürdig abschätzend angesehen hatte. Der Ausflug in die Dünen und besonders der Angsturin hatten deutliche Spuren hinterlassen.

»Ich gehe unter die Dusche. Wenn ich rauskomme, möchte ich, dass Sie mein Bett verlassen haben.«

»Und wo soll ich pennen?«, brummte Jensen.

»Falls Sie es nicht bemerkt haben, das ist ein Doppelbett. Also auf der anderen Seite. Im Schrank gibt es noch Kissen und Decken.«

Statt einer Antwort rülpste Jensen einem Fanfarenstoß gleich.

Hantsch wandte sich wortlos ab. Er schalt sich einen Esel, wenn nicht gar einen Hornochsen, dass er sich auf diesen Flegel eingelassen hatte. Nun würde er jede Strafe dafür ertragen müssen und ein Ende war nicht in Sicht.

*

Sabber rann aus Jensens offenem Mund durch Bartstoppeln auf das Kopfkissen. Dazu schnarchte er laut knatternd wie eine Baumaschine. Das Zimmer roch nach Kirmeszelt und Hantsch kämpfte mit der Verzweiflung.

Frisch geduscht und rasiert, die schmeichelnde Reinlichkeit im Bademantel konserviert – so liebte Hantsch das Zubettgehen. Mit Jensen im Zimmer, gar im gleichen Bett, konnte er diese Liebe nicht ausleben. Im Gegenteil, sie schlug in gereizte Verstimmung um.

»Petter, wachen Sie auf!« Hantsch rüttelte heftig an Jensens Schulter.

Der knurrte und schlug nach der störenden Hand, immer noch mit geschlossenen Augen.

»Ihre Rhonchopathie verstößt gegen jedwedes Ruhebedürfnis«, brüllte Hantsch.

Er riss die Reservedecken und Kissen aus dem Schrank, pfefferte sie aufs Bett und zerrte wieder grob an Jensen herum.

»Gehen Sie von meiner Decke weg, Sie ... schmutziger Prolet!«

Darauf hob Jensen die Augenlider etwas an. »Was ist denn los?«, grummelte er schlaftrunken.

»Sie sollen von meiner Bettseite verschwinden und nicht schnarchen.« Vor Empörung keuchte Hantsch.

Jensen rollte zur Bettkante, setzte sich auf und gähnte ausgiebig. »Nu komm man rünner«, brummte er. »Sach mal, hest du'n Bier för mi? Ich hab Ebbe auf der Zunge.«

»Nein, habe ich nicht und mit Bier muss jetzt Schluss sein. Ich will schlafen und Sie riechen jetzt schon aus dem Rachen wie ein Bierkutscher.«

»Merke ich gar nicht.« Petter gluckste amüsiert. »Hast du eine Zahnbürste?«

»Natürlich habe ich eine Zahnbürste«, zischte Hantsch. Er schob das angesabberte Kissen auf die andere Betthälfte und klopfte sich das Ersatzkissen zurecht.

»Und wo ist die?«

Hantsch hielt inne und musterte Jensen. »Warum wollen Sie das wissen? Sie wollen doch nicht etwa meine ...?« Er schüttelte sich unwillkürlich.

»Soll ich etwa ohne Zähneputzen ins Bett?« Jensen erhob sich und starrte Hantsch durchdringend an.

»Nein, das nicht, aber ...«

»Na also«, meinte Jensen, zum Bad trottend.

»Finger weg von meiner Zahnbürste!«

»Musst du brüllen wie ein Nebelhorn?« Jensen erhob nun

auch die Stimme. »Ist deine Schietzahnbürste wichtiger als meine Gesundheit?«

»Nein, aber die habe ich mir neu …«

»Wenn wir erst den Zaster für das Zeug haben, kannst du dir eine Zahnbürstenfabrik kaufen.«

»Wenn, wenn, wenn! Wir haben nur drei Leichen und sechs Kilo Rauschgift und von Geld noch keine Spur!«, brüllte Hantsch.

»Nimm 'ne Beruhigungstablette«, entgegnete Jensen nicht viel leiser und verschwand endgültig im Bad. Hantsch wollte ihm nach, seine Zahnbürste vor Jensens Zugriff retten, doch ein lautes Plätschern aus der Toilettenschüssel bremste ihn abrupt.

»Nicht mit meiner Bürste«, rief er.

Das Rauschen der Spülung mischte sich in Jensens Gelächter. »Warum machst du so ein Gewese um deine Zahnbürste? Hast du was mit der?«

Es klopfte an der Tür.

Hantsch erstarrte. »Ja bitte?«, fragte er nach ein paar ausgedehnten Schrecksekunden.

»Hier ist der Nachtportier. Könnten Sie bitte leiser sein? Es tut mir leid, dass ich störe, aber wir haben Beschwerden von anderen Gästen.«

»Ja, ja, natürlich. Ich bitte vielmals um Entschuldigung«, rief Hantsch.

Mit einem »Ich wünsche, wohl zu ruhen, und vielen Dank für Ihr Verständnis« entfernten sich die Schritte des Portiers.

»Ist das ein Altersheim hier?« Jensen kam aus dem Bad, den Hosenlatz offen, ein Grinsen auf den Lippen und Hantschs einsatzbereite Zahnbürste in der Hand.

Hantsch spürte, wie eine tiefe Resignation über ihn kam. Stück für Stück geriet sein Leben aus den Fugen. Aber er wollte das nicht einfach so geschehen lassen. Durchsetzungsstark müsse er sein, hatte sein Chef gesagt, als er sich für seinen jetzigen Posten bewarb, die Hoteliers und Restaurantbesitzer würden ihnen dauernd bei der Beschilderung reinreden wollen und da erfordere es, dem Willen der Verwaltung Geltung zu verschaffen.

»Geben Sie mir die Bürste«, sagte er in dem Tonfall, den seine Mutter stets benutzt hatte, wenn er heimlich ein Comic las, anstatt das Licht zu löschen und zu schlafen.

Jensen blickte ihn erstaunt an. »Und was ist mit meinen Zähnen?«, fragte er.

»Die sind wunderbar gelb und so blau wie Sie sind, ergibt das eine perfekte Friesenflagge.«

Ausgehend von den Wangen, ergänzte Jensen das Farbenspiel durch Röte. »Die Friesenflagge interessiert mich einen Hunnkötel«, rief er. »Ich will mir die Zähne putzen!«

»Nehmen Sie eben einen Finger«, erwiderte Hantsch.

Jensens Blick irrte auf die Finger seiner linken Hand. Er stieß einen Knurrlaut aus, warf Hantschs Zahnbürste aufs Bett und verschwand im Bad.

»Wegen mir auch die Toilettenbürste, verderben können Sie eh nichts mehr«, schickte Hantsch hinterher.

Während Jensen am Waschbecken sein Werk, das von Spucken, Gurgeln und Schnäuzen begleitet war, vollführte, schlüpfte Hantsch in seinen Schlafanzug, sank auf die Matratze, schloss die Augen und kämpfte gegen den Ekel an.

»Schlafanzug«, hörte er Jensen sagen.

»Was?«

»Ich brauche einen Schlafanzug.«

»Es gibt keinen.«

»Hast du keinen zweiten dabei?«

»Nein.«

»Echt nicht? Was machst du, wenn du einpullerst?«

»Ich pullere nicht ein. Jetzt möchte ich gerne das Thema wechseln.« Hantsch drehte sich demonstrativ vom in verschossener Unterwäsche dastehenden Jensen weg.

Ein meckerndes Gelächter kündigte dessen Retourkutsche an. »Haha, da habe ich heute aber schon was anderes gesehen.«

»Das war … Das war eine Ausnahmesituation.«

»Dafür hält man Hilfsmittel bereit. Zum Beispiel einen zweiten Schlafanzug«, meinte Jensen.

»Ich habe keinen mit. Sie müssen ohne zurechtkommen. Basta.«

»Ohne Schlafanzug kann ich nicht schlafen«, rief Jensen, »das konnte ich noch nie!«

»Das ist jetzt auch eine Ausnahmesituation. In der müssen Sie eben Abstriche machen«, sagte Hantsch kaum leiser.

»Na gut, dann teilen wir deinen. Gib mir die Hose oder die Jacke.«

»Was?«

»Hose oder Jacke, kannst du dir aussuchen.«

»Sind Sie jetzt vollends verrückt? Sie können zur Not in Ihrer Wäsche schlafen«, schrie Hantsch in der Befürchtung, er könne auf verlorenem Posten stehen.

»Kann ich nicht. Gib mir die Hose. Du kannst in Unterhose schlafen, du hast schließlich eine frische dabei. Oder?«

Hantsch sprang auf und riss die Schrankschublade auf, aus der er eine frische Unterhose zog.

»Die können Sie haben«, fauchte er Jensen an und warf sie ihm vor die Füße.

Wieder klopfte es an der Tür. »Herr Hantsch, bitte, könnten Sie einen Moment öffnen?«

»Sekunde«, stotterte Hantsch.

In wilder Hast wickelte er sich wieder ordentlich in seinen Bademantel. Fremden sollte man keinesfalls in Nachtwäsche gegenübertreten.

Dann öffnete er vorsichtig die Tür.

Der Nachtportier stand mit Leichenbittermiene vor ihm. »Bitte, Herr Hantsch, das geht so nicht. Die Nachtruhe muss unbedingt ... Oh.« Er war Jensens ansichtig geworden und geriet nun seinerseits ins Stottern.

»Bitte ... wir haben nichts gegen ... Besuch, wir sind da sehr tolerant und wollen Sie nicht daran hindern, Ihren Urlaub ... zu feiern. Aber bitte, Sie müssen Rücksicht auf das Ruhebedürfnis der anderen Gäste nehmen. Die meisten pflegen früh zu schlafen. Verstehen Sie mich nicht falsch, selbstverständlich können Sie die Nacht so verbringen, wie Sie möchten. Nur leise sollte es sein, bitte ...«

Hantsch nickte dazu wie ein Wackeldackel vom Wagenheck. »Entschuldigung, das wollten wir ... das wollte ich nicht. Wir wollten gerade schlafen gehen ... Ich verspreche, dass es nicht wieder vorkommt.«

Der Portier hob begütigend die Hände. »Ich verstehe ja, dass man im Urlaub gerne feiern möchte, aber wir haben viele ältere Herrschaften als Gäste und die sind da ... Danke für Ihre Kooperationsbereitschaft. Gute Nacht.«

Hantsch schloss leise die Tür. Er seufzte schwer. »Da haben wir es. Der glaubt sicher, wir würden hier eine Party feiern. Das ist alles Ihre Schuld.« Sein Zeigefinger wies anklagend gegen Jensens Brust.

Dessen Kopf glühte inzwischen wie eine Wärmelampe. »Ich glaube, es geht los. Du bist schuld, du behandelst mich wie so einer von den oberschlauen Körnerfressern. Als wär ich ein Ascheimermann. Schaapschiet.«

Hantsch starrte ihn mit offenem Mund an. »Ascheimermann? Körnerfresser? Halten Sie mich etwa für einen ... Grünen?« Das letzte Wort flüsterte Hantsch nur noch.

»Ja, sag ich doch!« Jensen ballte die Fäuste.

Hantsch konnte es einfach nicht glauben. Er, ein stets korrekter Verwaltungsangestellter, der alle seine einschlägigen Vorschriften aus dem Effeff zitieren konnte, wurde als Grüner bezichtigt?

»Das nehmen Sie zurück, dafür gibt es keinen Grund.«

»Ach nein?«, knurrte Jensen. »Wenn ich dein Etepetetegesabbel schon höre. Wie so ein sauberer Studienrat. Wie einer von den Schietsüdschleswigern, die jetzt auch noch mitregieren wollen. Passt auch zu dir ...«

»Das nehmen Sie zurück, Herr Jensen! Ich lasse mir Unverschämtheiten dieser Art von einem Friesenlümmel nicht bieten. Im Übrigen hören Sie sich auch nicht besser an. Bei Ihnen ist noch nicht mal die Wäsche sauber.«

Jetzt färbte sich Jensens Kopf so rot wie seine Feuerlöscher. »Unverschämtheit! Ich bin Geschäftsmann, ich sorge schon seit Jahren für den Brandschutz auf der Insel. Ich habe einen Ruf zu verlieren. Schmutzig? Meinetwegen, das ist alles Arbeitskleidung, ich konnte ja nicht nach Hause. Aber kein Friesenlümmel, verstanden? Lümmel vielleicht, aber mit den Besserwissern, diesen vorlauten Ampeldänen, hab ich nichts zu schaffen.«

»Sie haben damit angefangen, nicht ich«, brüllte Hantsch zurück. »Einen Ruf habe ich auch zu verlieren, seit Jahren bin ich regelmäßig Gast auf diesem schönen Eilande, verstanden?«

»Deinen Ruf ruinierst du selbst mit deinem Perfessorgequatsche«, gab Jensen mindestens genauso laut zum Besten.

»So eine bodenlose Unverschämtheit! So können Sie mit Ihresgleichen reden, aber nicht mit mir. Nie hätte ich mich auf solch einen ungehobelten Klotz wie Sie einlassen sollen«, schrie Hantsch mit kippender Stimme.

Erneut pochte es an der Tür.

»Zum letzten Mal, Herr Hantsch, beachten Sie bitte die Nachtruhe, sonst muss ich Sie vor die Tür setzen. Hier ist kein Amüsierlokal!«

Selbst Jensen zuckte zusammen ob der Schärfe dieser Ansage.

»Entschuldigung, ab jetzt wird es wirklich leise sein«, knödelte Hantsch hinter der Tür.

Er wandte sich an Jensen. »Sie müssen endlich stille sein und Ihr Organ im Zaum halten. Oder wollen Sie die Nacht draußen verbringen?«

»Ich, wieso ich? Du schreist andauernd wie ein Schnuber im Schlachthof«, zischte Jensen.

»Ist überhaupt nicht wahr!«

»Doch!«

»Stimmt nicht!«

»Klookschnacker!«

»Spritkopp!«

Die Tür erzitterte unter einem Stakkato von Schlägen.

*

»Herr Hantsch, Moment.« Der Tagportier winkte Hantsch herbei.

»Ja, bitte?«, fragte dieser unfroh. Er wollte auf dem Weg ins Zimmer nicht aufgehalten werden, wo er doch Jensen losgeworden war und nun endlich das Badezimmer für sich alleine haben konnte.

Der Portier beugte sich weit über den Tresen, Hantschs Ohr entgegen und sprach leise. »Da hat sich jemand nach

Ihnen erkundigt. Ehrlich gesagt, ich hatte den Eindruck, als sei er schlechter Laune …«

»Wer war das?« Hantsch war irritiert, gelinde gesagt. Wer sollte sich nach ihm erkundigen und warum? Das konnte nichts Gutes bedeuten.

»Seinen Namen habe ich nicht richtig verstanden, irgendwas mit K, und er ging dann sofort wieder. So ein Dunkelhaariger war das, braun gebrannt und ungefähr so groß.«

Der Portier zeigte mit der flachen Hand eine vage Höhe an, beugte sich noch weiter vor und flüsterte: »Kennen Sie den? Eine Kollegin sagt, das wäre so ein windiger … Rohloff.«

Hantsch zuckte zurück, seine Kinnlade sackte ab.

»Keine Sorge«, sagte der Portier und tätschelte Hantschs Handgelenk. »Ich habe nur gesagt, Sie wären außer Haus. Ja, man kann nicht vorsichtig genug sein, sonst hat man eine Heizdecke oder ein Zeitschriftenabo an der Backe.«

»Danke«, murmelte Hantsch tonlos. Eine seltsame Schwäche erfasste seine Knie. Nur mühevoll konnte er sich abwenden und den Weg zur Treppe einschlagen.

Schon der Morgen im Frühstücksraum hatte einen Eklat für ihn bereitgehalten. Der junge Kellner mit den raspelkurzen Haaren brachte unaufgefordert eine Kanne Kaffee mit Augenzwinkern und der Bemerkung »Der ist extra stark, das rockt euch für die nächste Sause.«

Jensen sprang daraufhin so abrupt auf, dass sein Stuhl umkippte, und stürmte hinaus. Es konnte sein, dass er seelisch vorgeschädigt war, weil ihm Hantsch nach dem Aufstehen die Benutzung des Rasierapparates verweigert hatte.

Durch das Fenster erkannte Hantsch, dass Jensen in seinen Wagen sprang und davonbrauste. Er entschuldigte sich bei dem Kellner mit »Herr Jensen hatte einen Termin vergessen und musste dringend los«.

Dabei sagte sein Gefühl, dass der Kellner eigentlich einen Anlass für eine Entschuldigung gehabt hätte. Aber dann hätten sie über Dinge reden müssen, die Hantsch ziemlich peinlich waren.

Besonders unangenehm war, dass der Kaffee etwas von einer Substanz hatte, mit der man eine Straßendecke ausbessern konnte, an trinken war da nicht zu denken. Trotzdem zwang sich Hantsch eine halbe Tasse hinein, alles andere wäre unhöflich gewesen.

Etwas später hatte er seine Morgentoilette hinter sich gebracht und fühlte sich einigermaßen erholt. Er räumte Handtücher, Wäsche und die Betten auf, damit nichts mehr an seinen Übernachtungsgast erinnerte. Den Löscher packte er in seinen Koffer.

Dabei dachte er an all die begehrten Sammlerobjekte, die er kaufen würde, wenn er die Geschichte erst durchgestanden hätte. Den ganzen Zierrat aus Kühlerdeckeln und originalverpackten Chromstoßstangen, die Weißwandreifen und andere Opeldevotionalien, für die ihm bisher noch das Geld fehlte.

Nun galt es erst einmal, die Zeit bis zum Treffen mit dieser ominösen Sonja durchzustehen. Hantsch wusste nicht recht, womit er sich ablenken sollte. Der Gedanke an seinen beliebtesten Zeitvertreib, Spaziergänge durch die Dünen zum Strand, trieb ihm den Angstschweiß aus den Poren.

Das Zimmertelefon schreckte ihn auf.

»Ein Gespräch für Sie, ich verbinde«, sprach der Portier bemüht neutral.

Es knackte in der Leitung, eine andere, ziemlich aggressive Stimme ertönte: »Ihr habt was, das mir gehört. Und irgendwie habt ihr den Dicken geleimt. Ich weiß zwar nicht wie, aber das werde ich schon aus euch rausbekommen …«

»Was wollen Sie? Wer sind Sie überhaupt?«, fragte Hantsch etwas zittrig.

»Ich bin Käpt'n Blaubär. Ihr kommt in einer Stunde ins *Café Goldbutt* im Smäswai. Weißt du, wo das ist?«

»Ja, weiß ich, aber ich will da nicht hin.« Hantsch legte so viel Entschlossenheit in seine Stimme, wie nur irgend möglich.

»Jammer nicht rum«, erwiderte Käpt'n Blaubär, »ihr kommt und bringt den Löscher mit. Du weißt, welchen ich meine. Wenn ich euch holen muss, mache ich kurzen Prozess.«

»Das muss ein Irrtum sein ...«, stotterte Hantsch.

»Komm mir nicht blöd! Ich weiß alles. Mich leimt ihr nicht mit eurer Vollpfostenmasche. Entweder ihr spurt oder es knallt. Kapiert?«

»Aber Herr Jens... also der Jens ist nicht da«, sagte Hantsch in der Hoffnung, er könne einen Ausweg finden.

»Du meinst, Jensen ist unterwegs? Dann schaff ihn herbei.«

Hantsch geriet ob der Tatsache aus dem Takt, dass der Anrufer ihrer beider Namen kannte.

»Ich kann es versuchen, aber ich weiß nicht, ob ich ihn erreiche. Er hat den Löscher dabei. Das tut mir leid ...«

»Das sollte es auch. Sorg dafür, dass du Jensen auftreibst und ihr mit dem Löscher antanzt. In einer Stunde und keine Mätzchen.« Damit beendete der Fremde das Gespräch.

Hantsch warf sich aufs Bett und schloss die Augen. Er fragte sich, warum er die guten Ratschläge seiner Mutter ignoriert hatte. Bisher lebte er in dem Gefühl, ein untadeliges Mitglied der Kurverwaltung und der Gesellschaft zu sein. Nun allerdings hatte er sich auf eine vermeintliche Abkürzung zum Geld eingelassen und schon bedrängten ihn

Verbrecherkreise, ja, sie behandelten ihn sogar als Ihresgleichen. Das sollte also die Strafe sein, die ihm gebührte.

Seine Mutter hatte ihm mal erklärt, als er Stubenarrest bekam, dass man seine Strafe mit erhobenem Haupt antreten solle und zum Nachdenken über seine Verfehlung nutzen müsse.

Mühsam erhob sich Hantsch aus dem Bett und griff zum Handy. Der Strafe konnte er wohl kaum mehr entgehen, aber es gab keinen triftigen Grund, warum er sie alleine antreten sollte.

Er wählte Jensens Nummer.

*

Hantschs Angst manifestierte sich inzwischen in heftigem Magengrummeln. Bevor er das Café betrat, musste er sich an einer ruhigen Ecke durch verstohlenes Umherschauen überzeugen, dass sich niemand in Hörweite aufhielt. Dann lockerte er behutsam den Schließmuskel und gab dem Gasdruck im Darm nach. Anschließend verließ er eilig den Tatort, damit ihn niemand mit dem Geruch in Verbindung bringen konnte.

Etliche Tische im gekiesten Biergarten waren zwar noch frei, aber Hantsch zog die Geborgenheit der friesisch-rustikalen Gaststube vor. Zudem hegte er eine tiefe Abneigung gegen die Monoblock-Gartensessel, seit seine Verwaltung in Bad Gruntz einen langen Kampf um das Verbot solcher Scheußlichkeiten in der Außenbewirtung ausfechten musste.

Drinnen mümmelte nur eine Handvoll Grauhaariger an cholesterinreduzierten Kuchenstücken, deren Krümel sie mittels Kaffee Hag aus den Prothesen spülten.

Solche geriatrischen Betroffenheitskonferenzen kannte Hantsch zur Genüge. Oft hatte er seine Mutter begleiten müssen und sich dort einer Fülle von dramatischen Schilderungen diverser Krankheiten, die sich einer Therapie entzogen, ausgesetzt gesehen.

Wenigstens diesmal konnte er sich einen Platz weitab, hinter einer Abtrennung aus einem mit Plastikgirlanden geschmückten Holzgitter, suchen. Verstohlen sah er sich um, aber auch drinnen entdeckte er niemanden, der als Anrufer infrage kam.

Er bestellte ein Mineralwasser und blätterte im *Oomram-Kurier*, dem Amrumer Werbeblättchen. Er überlegte, ob er sich einen Keramikleuchtturm für die Fensterbank oder den Garten kaufen sollte. Dann hätte er wenigstens ein Andenken, wenn er schon nicht mehr herkommen konnte.

Zehn Minuten über die Zeit wuchs in Hantsch die Hoffnung, der Anrufer, der sich Käpt'n Blaubär nannte, würde nicht kommen. Alles wäre bloß ein dummer Scherz, den sich jemand mit ihm machte. Er überlegte, wer das sein könnte und so gut Bescheid wusste.

Nicht lange, da dämmerte Hantsch, dass es sich nur um Jensen handeln konnte. Käpt'n Blaubär war sicher ein Kumpel von ihm, der spaßeshalber an der Hotelrezeption für Verwirrung sorgen wollte. Hantschs Anrufe hatte Jensen ignoriert, weil er Hantsch in Ungewissheit halten wollte. Dieser Schlawiner, sagte er sich, na der sollte ihm mal kommen.

»Wo ist Jensen?« Die leicht schnarrende Stimme, die Hantsch vom Telefonieren kannte, schreckte ihn auf.

Der Mann, der vor ihm stand, war zwar nicht mehr der Jüngste, jedoch drahtig und segelbraun. Er trug die dunklen Haare gerade so lang, dass der Seewind sie nach Gutdünken scheiteln konnte.

»Wahrscheinlich wartet er um die Ecke und kann sich das Lachen kaum verkneifen«, erwiderte Hantsch.

»Was soll das heißen?«, fragte der Mann.

»Na, was ich sage«, antwortete Hantsch leichthin. »Aber dem alten Schlawiner wird gleich das Lachen vergehen, wenn er hört, dass ich den Löscher wieder ins Meer geworfen habe.«

Der Mann beugte sich vor und brachte sein ledriges Gesicht mit den stechend blauen Augen dicht vor Hantschs Nase. »Was für ein Film läuft hier? Pass auf, Arschloch, ich habe eine Beretta in der Jackentasche, die macht hübsche Löcher.«

Hantsch wurde für einen Moment unsicher. Für ein Spiel wirkte das fast schon zu echt. Aber so leicht wollte er sich nicht ins Bockshorn jagen lassen. »Ach, den Satz habe ich gestern schon mal gehört. Lasst euch einen besseren Witz einfallen. Vielleicht sind Sie Käpt'n Blaubär, aber ich bin nicht Hein Blöd.«

Der Mann blickte kurz nach links und rechts, dann zog er die Hand aus der Jackentasche. Eine schwarzgraue Pistole, die so klein war, dass sie fast vollständig von seiner Hand verborgen wurde, richtete sich gegen Hantschs Brust.

»Schluss mit dem Scheiß. Wo ist Jensen und wo ist der Löscher?«

Hantsch schnappte nach Luft. Er geriet ins Schwitzen und auch der Magen meldete sich wieder. Das sah jetzt keineswegs mehr nach dummen Scherzen aus.

»Ich hab vielleicht Humor, aber keine Geduld. Jetzt raus mit der Sprache«, knurrte der Mann.

»Ich habe Herrn Jensen nicht erreichen können, er ist unterwegs«, hauchte Hantsch kaum hörbar.

Die Bedienung näherte sich. Der Mann verbarg die Waffe im Jackenärmel und setzte sich Hantsch gegenüber.

»Kaffee«, schnarrte er auf die Frage, was er wünsche, und »Egal« auf die Zusatzfrage, ob Milch und Zucker.

Die Bedienung zog eine Flunsch und schlich davon.

Die Augen des Mannes bewegten sich unstet hin und her, während er sowohl die Lage im Café als auch Hantsch gleichzeitig scharf beobachtete. Seine Stirn hatte sich in einen frisch gefurchten Acker verwandelt, dabei kaute er auf der Unterlippe herum.

»Wo ist Madeleine abgeblieben?«, fragte er.

Hantsch walkte mit schweißnassen Händen seine Hosenbeine und suchte nach einer Formulierung. »Die ... die ist weg ...«

»Weg? Was soll das heißen? Die saß in Jensens Auto. Wo ist sie hin?«

Hantsch konnte sich mit der Antwort Zeit lassen, denn die Bedienung brachte den Kaffee. Sie knallte ihn so vor den Mann auf die Tischplatte, dass es beträchtlich in die Untertasse schwappte.

»Sind Sie Katelbeck?«, fragte Hantsch in banger Erwartung.

»Für dich Käpt'n Blaubär. Und jetzt mach's Maul auf: Was ist mit Madeleine?«

»Die ... hatte leider einen ... bedauerlichen Unfall ...«, stotterte Hantsch.

Käpt'n Blaubär starrte ihn mit verkniffenem Gesicht an.

»Ehrlich, ein Unglück ...«, flüsterte Hantsch. Er wartete bebend auf die Eruption.

»Schnauze, erzähl keinen Scheiß«, zischte Käpt'n Blaubär. »Ich muss nachdenken.«

Hantschs Blick glitt von ihm ab, durch das Blumenfenster zur Straße. Dorthin, in das fadenscheinige Sonnenlicht, wünschte er sich.

Ein Auto, das bei seiner Ankunft noch nicht vor dem Café geparkt hatte, erregte seine Aufmerksamkeit.

»Ist das Ihrer?«, fragte er.

»Was?« Käpt'n Blaubär schreckte aus Gedanken.

»Der Porsche da draußen.«

»Ja, weshalb?«

»Tolle Kiste. Ist das der Turbo?«

Für einen Augenblick wirkte Käpt'n Blaubär geschmeichelt. »Nein, das ist der Cayman S.«

»Wie schnell ...«

»Schluss damit. Was ist mit dem Dicken und seinem Wachhund? Der Schavan steht immer noch auf dem Parkplatz. Ist da auch ein Unfall passiert?«

Hantsch schluckte schwer. Händeringend suchte er nach einer bügelfreien Erklärung. »Werner hat einen Asthmaanfall bekommen, aber sein Spray ... verloren. Wir konnten nichts tun, es ging alles so schnell.«

Das quittierte Käpt'n Blaubär mit einem ungläubigen Kopfschütteln. »Und sein Bodyguard?«

»Der hat mit seiner Pistole nicht aufgepasst und ist gestürzt ... Woher wissen Sie eigentlich ...«

»Ich weiß es eben, weil ich alles weiß, was hier passiert.«

Darauf schwieg Käpt'n Blaubär eine Weile. Hantsch fragte sich, was nun kommen würde. Anscheinend war der Tod dieser drei Rauschgifthändler kein so großes Problem für den Käpt'n, wie Hantsch erwartet hatte.

»Wo sind die jetzt?«, knurrte er schließlich.

»Wer?«, fragte Hantsch verwirrt zurück.

»Die Leichen natürlich, du Blödmann.«

»Da draußen, wo sonst?«, erwiderte Hantsch in dem Tonfall, den seine Mutter stets mit »Sei vorsichtig, junger Mann, sonst kommt der *Franz im Stehkragen*« kommentierte. Damit war der hölzerne Kochlöffel gemeint, mit dem in Friedenszeiten das Pflaumenmus in einem riesigen Einkochbottich gerührt wurde.

Käpt'n Blaubär ging nicht darauf ein. »Mit eurer Stümperei seid ihr ganz schön weit gekommen, aber jetzt ist Schluss damit. Du wirst mir die Leichen zeigen, und zwar alle, und den Löscher herbeischaffen.«

»Entschuldigen Sie mich einen Moment«, sagte Hantsch und erhob sich vorsichtig.

»Halt. Was soll das?«

»Ich muss mal.«

»Na gut, aber deine Sachen bleiben hier«, brummte der Käpt'n zögernd. Hantschs Handy und sein Männerhandtäschchen lagen auf dem Tisch neben der Zeitung.

Hantsch nickte und trabte um die Ecke zur Theke, an deren Ende sich der Durchgang zur Toilette befand.

»Kann ich mal telefonieren?«, fragte er die Gläser polierende Bedienung.

Mit »Nur Ortsgespräche« stellte sie ihm einen alten Tastenapparat mit Schnur auf die Thekenplatte.

Hantsch tippte die Nummer aus dem Gedächtnis.

»Peters, vom *Café Goldbutt*«, sagte er. »Hier parkt ein Porsche Cayman vor unserer Ausfahrt. Es ist die Feuerwehrzufahrt und unser Chef muss dringend los.«

Er lauschte seinem Gesprächspartner einen Moment.

»Nein«, sagte er dann, »wir können den nicht ausfindig machen.«

»Wir warten schon über eine Stunde«, antwortete er auf eine weitere Frage. »Aber jetzt muss der so schnell wie möglich verschwinden. Der Chef hat einen Termin und ist auf hundertachtzig.«

Hantsch lauschte wieder kurz und ein Schmunzeln formte

seine Lippen. »Gleich um die Ecke?«, sagte er. »Ach, das ist aber praktisch. Ja, sogar in der Nachsaison ist das Wildwest mit der Parkerei. Wäre besser, wenn die Autos auf dem Festland blieben. Es achtet ja heutzutage kein Mensch mehr auf die Parkverbotsschilder.« Hantsch bedankte sich noch und legte auf.

»Bitte einen Cognac für mich«, sagte er zur Bedienung, die sich diskret entfernt hatte, und stiefelte zurück zu seinem Platz.

»Das wurde auch Zeit«, knurrte Käpt'n Blaubär. »Ich dachte schon, ich muss dich holen.«

»Manchmal dauert ein Geschäft eben etwas länger«, sagte Hantsch.

Katelbeck schob Hantschs Handy über den Tisch. »Warum hast du keine Nummern im Adressbuch? Die Mailbox ist auch leer.«

»Es ist ungehörig, was Sie da gemacht haben. Das geht Sie nichts an. Sie sollten sich entschuldigen«, erwiderte Hantsch, während er sein Handy in die Tasche steckte.

Katelbeck schnitt eine Grimasse, legte die Hände aufs Tischtuch und beugte sich Hantsch weit entgegen. »Genug Blödsinn gequasselt. Du machst dich jetzt auf die Socken und schaffst den Löscher herbei. In einer Stunde will ich den hier vor mir sehen, zusammen mit diesem Jensen. Danach zeigt ihr mir die Leichen. Wenn ihr brav seid, kommt ihr ungeschoren davon. Aber nur dann. Verstanden?«

»Wir wollten den Löscher eigentlich verkaufen«, meinte Hantsch dazu. »Wie wäre es mit einem großzügigen Finderlohn?«

»Vergesst es, das Zeug gehört mir. Wenn ihr darauf besteht, dann kriegt ihr Blei zwischen die Rippen. Finderlohn, pah! Diebe, elende Pfuscher, die auch noch Finderlohn wollen ...«

Die Bedienung brachte den Cognac. Hantsch bedankte sich artig und deutete nach draußen.

»Jetzt wird der Falschparker endlich abtransportiert. Da sind Sie sicher froh.« Die Bedienung drehte sich zum Fenster und zog die Schultern ein Stück hoch.

Hinter Käpt'n Blaubärs Rücken war zuerst ein Streifenwagen und dann gleich ein Abschleppwagen aufgetaucht. Ein Kombi stand bereits auf der Ladefläche, aber für den Porsche war noch Platz.

Der Käpt'n wartete, bis die Bedienung sich entfernt hatte. »Zieh Leine und hol den Löscher. Du hast nur noch fünfundfünfzig Minuten.«

Hantsch trank ein Schlückchen aus seinem Glas. »Lecker«, sagte er, »aber sagen Sie mal, ist das nicht Ihr Wagen, der da gerade aufgeladen wird?«

Käpt'n Blaubär fuhr herum, sprang brüllend auf und rannte zur Tür hinaus. Sein Geschrei drang bis in die Gaststube, sodass Hantsch jedes Wort verstand. Er hätte es nicht für möglich gehalten, welche Menge Schimpfwörter man in so wenigen Sätzen unterbringen konnte.

Während er seinen Cognac leerte, beobachtete er, wie Käpt'n Blaubär vergeblich protestierte. Unerbittlich wurde der Porsche zu dem Kombi gezogen, verzurrt und schließlich wurden die Auffahrrampen weggeklappt. Die beiden Polizisten verhinderten jegliche Blockade der Abfahrt, indem sie sorgfältig die Papiere des Käpt'n überprüften.

Wenn die wüssten, dass der eine Pistole in der Jackentasche verbirgt, dachte Hantsch. Aber da müssen sie selbst drauf kommen, ich bleibe lieber weg.

Schließlich fuhr die Streife davon und Käpt'n Blaubär kam, bleich vor Zorn, zurück. Er warf Hantsch eine Visitenkarte auf den Tisch. »Da bringst du das hin. Um zwei, ich muss erst meine Kiste wiederbekommen. Und grins nicht so hämisch, sonst vergesse ich mich.«

Im Hinausstürmen rief er der Bedienung zu, dass »der da« den Kaffee bezahle.

Hantsch stellte das Grinsen ein, seufzte und nahm die Karte.

Siegfried Katelbeck
Herzklopfen – Ihre seriöse Partnervermittlung
diskret – exklusiv – persönlich
Tidenweg 11
25946 Wittdün auf Amrum

*

Hantsch zahlte seine Busfahrkarte und tapste gegen die Anfahrrichtung durch den Mittelgang. Den Koffer zog er hinter sich her. Die meisten Plätze waren von rotnasigen Urlaubern belegt, die die ganze bunte Vielfalt von Wind- und Regenjacken boten.

Eine Kurve zwang Hantsch auf einen Sitz. Er murmelte eine Entschuldigung, weil er mit dem Rollkoffer an einem vorwitzigen Bein hängen geblieben war.

Wie es wäre, wenn im Koffer seine Sachen steckten und er den Heimweg antreten würde, hatte er sich schon an der Haltestelle ausgemalt.

Raus aus allem und nicht mehr an den Opel Diplomat denken. Seiner Mutter hätte das gefallen, war sie doch stets dafür eingetreten, dass man, wie ein Schuster, sich auf Dinge beschränken soll, auf die man sich versteht.

Andererseits bot Katelbeck einen Ausweg: Weg mit der heißen Ware, dann nur noch die Toten aufräumen und alles wäre ausgestanden. Nur noch? Katelbeck könnte falschspielen oder jemand erwischte sie beim Aufräumen. Hantsch mochte sich nicht ausmalen, was noch geschehen könnte.

Er fragte sich, wie Jensen reagieren würde, wenn er erfuhr, dass Katelbeck die Herausgabe des Löschers erzwungen hatte. Wäre er zu erreichen, könnten sie sich überlegen, wie sie das verhindern wollten.

Missmutig fragte Hantsch sich, wozu dieser Fischkopf überhaupt ein Handy besaß, wenn er nicht ranging.

Vor den von einzelnen Regentropfen gesprenkelten Fenstern zog die Insel vorbei.

In Hantschs Jacke fiedelte das Handy los. Als er es herauszog, stellten die Umsitzenden das Wühlen in ihren Taschen ein. Es war Jensen, der ihn um drei zum Gewerbegebiet bei Süddorf bestellte. »Dort ganz am Südende, weißt du, wo das ist?«, fragte er zum Schluss.

»Ja«, erwiderte Hantsch, »das finde ich schon. Aber ich habe ein Problem …« Er brach ab, weil Jensen das Gespräch schon beendet hatte.

Auf einen Rückrufversuch reagierte er nicht.

Vielleicht hätte ich das Problem gleich zu Anfang erwähnen sollen, dachte Hantsch seufzend.

Fast hätte er die Haltestelle *Köhns Übergang* verpasst und wäre vielleicht bis zum Fähranleger durchgefahren. Mit seinem Koffer fand er sich im einsetzenden Regen auf der Straße wieder und rumpelte zögerlich Richtung Tidenweg. Er war zu früh und hatte sich mit dem Ende seiner Karriere als Händler von zweifelhafter Ware noch nicht gänzlich abgefunden.

Er klingelte ein weiteres Mal bei Jensen an, aber der hatte sein Handy offenbar ausgeschaltet. Solchermaßen im Stich gelassen, sagte er sich, müsse er nun tun, was er für richtig halte. Dieser Katelbeck solle nur nicht glauben, er könne mit ihm, Hantsch, umspringen, wie es ihm beliebe. Dann würde der sich noch wundern.

Haus Nummer elf war ein ganz und gar modernes und völlig unfriesisches Apartmenthaus, von dessen durchgehenden Balkonbändern sicherlich ein unverstellter Blick auf den Südweststrand und das Meer geboten wurde.

Hantsch trat vor das edelstählerne Klingelschild und drückte den Knopf in der oberen Reihe neben dem Namen *Katelbeck*.

Die Sprechanlage blieb stumm.

Hantsch klingelte noch ein weiteres Mal, dabei drückte er gegen die Griffstange der Tür. Die schwang auf und Hantsch stand in einem strahlend weißen Treppenhaus auf anthrazitfarbenen Bodenfliesen. Er sah sich kurz um, hob seinen Koffer an und machte sich auf den Weg in den zweiten Stock.

*

Schon von Weitem hatte er das gesehen und beglückwünschte sich für sein geschultes Auge. Eindeutig: Der graue Schavan parkte falsch. Mit jeweils zwei Rädern über die Begrenzung hinaus, sowohl nach vorne, in den strikt frei zu haltenden Bereich, als auch zur Seite, wo er einen weiteren Parkplatz blockierte.

Wockenfuß ließ Streiter ein Hinterrad markieren, während er sich das Kennzeichen notierte. Das NF auf dem Nummernschild bewies ihm wieder mal, dass es nicht nur unter Touristen Menschen gab, für die Vorschriften lediglich ein Vorschlag anstatt eines Gebotes darstellten.

Er zog sein Handy aus der Tasche und dokumentierte den Sachverhalt in Pixeln.

»Komm, Streiter«, rief er, »gehen wir rüber zum *Strandpirat* und fragen, ob der Wagen einem von denen gehört.«

Wockenfuß stapfte den Pflasterweg hinauf zum Lokal. Mit einigem Abstand scharwenzelte der Spitz hinter ihm her.

Der Gastraum mit den Zweiertischen war so kurz nach der Öffnung nur spärlich belegt. Wockenfuß trat an die Theke, hinter der eine Bedienung am Kaffeeautomaten hantierte. »Moin, Anke«, sagte er.

»Moin, Herr Wockenfuß«, antwortete die junge Frau. »Wie immer?«

»Wie immer.«

»Moment noch.«

Sie platzierte zwei große Schalen, aus denen der Milchschaum quoll, auf ihrem Tablett und eilte zu einem Tisch. Auf dem Rückweg bückte sie sich kurz zu Streiter hinunter und kraulte ihn.

Kurz danach schob sie ein Glas Grog über die Thekenplatte vor Wockenfuß' Nase und stellte eine Schale Wasser auf den Boden, über die sich Streiter sogleich hermachte.

»Na, hat sich's wieder gelohnt?«, fragte sie mit Blick auf die bauchige Plastiktüte, die Wockenfuß abgesetzt hatte.

»Jau, wie immer. Gehört der graue VW Schavan einem von euch?« Er deutete zum Parkplatz.

Anke spähte aus dem Fenster. »Nein, ich glaube nicht. Ist was damit?«

»Völlig falsch geparkt. Bevor ich ihn melde, dachte ich, frage ich bei euch.«

Anke kniff kurz die Lippen zusammen. »Ich glaube nicht, aber ich geh lieber fragen.« Während sie sich umdrehte, schnitt sie eine Grimasse und huschte durch die Tür zur Küche.

»Nein, von uns ist der nicht«, meinte sie kurz danach, als sie wieder zur Theke kam.

»Na ja, dann«, brummte Wockenfuß. Er leerte seinen Grog. »Los, Streiter, gehen wir. Mal sehen, dass wir vor dem Regen zurück sind.« Er sah Anke fragend an.

»Geht aufs Haus.«

Wockenfuß deutete eine Verbeugung an. »Der Dank des Vaterlandes ist dir gewiss.«

Er schlüpfte hinaus in die fast windstille Vorregenstimmung und machte sich auf den Weg nach Nebel.

Der Spitz streunte in großen Schleifen um ihn herum. Ein paar Mal bückte sich Wockenfuß schnaufend und leise murrend nach Abfall.

Schließlich erreichte er die Bank, auf der er gestern Abend diese merkwürdige Versammlung von drei irgendwie verdächtigen Männern getroffen hatte. Neben der Bank führten deutlich frische Fußspuren in die Dünen.

»Da hört sich ja wohl alles auf«, grummelte er.

Unschlüssig blieb er stehen. Ob diese Kameraden ihre Notdurft auf verbotenem Terrain erledigt hatten?

»Ich glaube, wir müssen nachsehen«, sagte er zu Streiter, der ihn wartend und hechelnd ansah. »Wenn wir das nicht machen, kümmert sich niemand, und wer weiß, was die da für einen Dreck hinterlassen haben.«

Wockenfuß blickte sich gründlich um, ob ihn jemand beobachten konnte, entdeckte aber niemanden.

»Auf geht's, und nicht erwischen lassen, also kein Gebelle, hörst du?«, sagte er leise und bohrte seine Sohlen in den Sand.

*

Gegenüber der Zufahrt zum Zeltplatz bog Hantsch in den Uasterstigh ein. Diese Straße führte zum Gewerbegebiet und in dem Weg links hinter dem Wäldchen würde Jensen mit Sonja und einem Lkw stehen und auf ihn warten.

Der Nieselregen hatte nicht nachgelassen, es tropfte von Hantschs Kopf in den Jackenkragen und durchnässte nach und nach seinen kompletten Oberkörper. Ihm war es egal, den Fußmarsch von Wittdün und die Abkühlung konnte er gebrauchen. Bei jedem Schritt kontrollierte er Herzschlag und Atmung, damit er das Chaos, das in ihm tobte, wieder in den Griff bekam. Trotzdem fühlte er sich immer noch gefährlich nahe an der Hysterie. Er zwang sich, zur Ablenkung seine Schritte zu zählen, damit er nicht wieder Katelbeck vor sich sah, reglos auf dem Boden mit einer Kopfwunde, in einem sich gemächlich vergrößernden Blutfleck. Ohne dass er es hätte überprüfen müssen, spürte er, dass dieser Mensch tot war. Er fragte sich, ob er einen siebten Sinn für so was besaß. Hantsch schüttelte den Kopf, dass die Tropfen nur so spritzten. Nicht daran denken, sagte er sich. Mit Schuld hatte er sich schon genug beladen. Wie weit ein redlicher Mensch dieses Konto belasten konnte, wollte er lieber nicht wissen.

Zuerst kam der rote Caddy in Sicht. Er parkte rückwärts in einem Stichweg und hinter ihm stand ein weißer Lkw, die Ladefläche von einer hohen Bordwand eingefasst, überragt von einem Kran mit Greifklauen in Ruheposition.

»Da bist du ja endlich«, rief ihm Jensen entgegen. »Wo bleibst du? Wir haben nicht den ganzen Tag Zeit und noch allerhand to püsseln.«

Hantsch winkte wortlos ab. Er lehnte sich gegen den Wagen, schob die triefende Strähne der langen Seite seines Scheitelhaares aus der Stirn und schnaufte durch.

»Sonja, Schluss mit der Pause!«, rief Jensen, dabei klopfte er gegen die Bordwand.

Die Fahrertür des Lkws schwang auf und eine Person, die Hantsch mit einem Schlag von all seinen Sorgen ablenkte, sprang heraus.

»Verrätst du mir jetzt endlich, was ihr da habt? Heimlich einen Braten von der Weide geklaut und wisst nicht, wohin mit den Resten?«

Die Frau, wenn es denn wirklich eine war, hatte ungefähr Jensens Größe, in der Breite übertraf sie ihn jedoch gewaltig. Irgendwie quadratisch, dachte Hantsch, der sie gebannt betrachtete. Sonja trug eine Latzhose, in der sie wie ein aufgeblasener Beutel mit diversen Knubbeln an unterschiedlichen Körperstellen aussah. Den Kopf zierte ein strubbeliger Kurzhaarschnitt mit blondierten Strähnen.

»Was gafft der so?«, fragte Sonja Jensen.

»Keine Ahnung«, knurrte Jensen, »aber der ist manchmal ein bisschen ballaballa.«

»Braten, Weide ...«, murmelte Hantsch, dann brach er in ein unbändiges Gelächter aus.

Sonja trat einen Schritt auf ihn zu. »Wenn du dich über mich lustig machen willst, Jungchen, dann kannst du was erleben.«

Hantsch hielt abrupt inne. Sonjas Art der Ansprache, ihre ganze körperliche Präsenz, erinnerte ihn so stark an seine Mutter, dass er unwillkürlich den Kopf einzog. Dazu die Stimme. Sie passte perfekt zu ihrem Volumen.

»Wir haben aber Leichen«, murmelte er, nach Luft schnappend.

Sonja zog die Augenbrauen zusammen. »Soll das ein Witz sein?« Ihr Blick wanderte zwischen Jensen und Hantsch hin und her.

»Unfall«, Hantschs Zunge war vor Aufregung trocken wie ein Knäckebrot, »Drogenverbrecher ...«

»Halt du mal die Klappe. Petter, erklär mir, was hier los ist.«

Jensen berichtete knapp, wobei er die Bezeichnungen Schlampe, Stoff, Knarre und Dösbaddel verwendete.

»Ich kann nichts dafür«, rief Hantsch dazwischen, »sie hätte mich nicht zum Fahren zwingen dürfen oder sich wenigstens anschnallen sollen.«

Sonja stemmte die Hände in die Hüften und schüttelte langsam den Kopf. »Warum hast du mir das nicht am Telefon gesagt, Petter? Eine Leiche verschwinden lassen ist nicht mal *nebenbei was mitholen*.«

»Konnte ich doch nicht anders sagen, wir werden alle abgehört.«

Mit schief gelegtem Kopf schwieg Sonja.

»Okay«, sagte sie schließlich, »ist nicht gut, wenn wir noch lange hier rumstehen. Das fällt auf und ich werde nass. Gelegentlich nehme ich was mit, wenn jemand ohne Pacht was geschossen oder sich was von der Weide geholt hat. Ordentliches Fleisch kostet ja ein Vermögen. Aber nur von Leuten, die ich kenne. Natürlich nicht für lau. Eine Leiche, hm ...« Sie legte einen Zeigefinger an die Lippen – so wie Hantschs Mutter es auch immer getan hatte. Er sah mit offenem Mund hin.

»Fünftausend.«

»Fünftausend?« Jensen jaulte fast wie der Hund von Hantschs Nachbarn bei Vollmond.

»Wegen des Risikos. Und weil ihr den Stoff habt. Der bringt jede Menge Kohle, also beschwer dich nicht.«

Jetzt war Hantsch zum Jaulen zumute. Jensen dagegen knurrte etwas, das Ja heißen mochte.

»Habt ihr so viel dabei?«, fragte Sonja und Hantsch vermeinte, dass da ein gieriger Unterton mitschwang.

»Ich nicht. Du?« Jensen sah Hantsch an. Der schüttelte den Kopf.

»Dann komme ich wieder, wenn ihr die Kohle habt.«

»Das kannst du nicht machen«, erwiderte Jensen. »Wir müssen die loswerden. Die stört beim Arbeiten. Du kriegst deine Kohle, mein Wort gilt. Du kennst mich doch.«

»Das ist es ja gerade«, gab Sonja zurück.

»Sie bekommen das Geld, dafür stehe ich ein«, sagte Hantsch.

»Na, bei dir ist ja doch jemand mit ein bisschen Grips zu Hause«, meinte Sonja zu ihm.

»Sie sind ungerecht und gemein«, murmelte Hantsch. Vorsorglich zog er den Kopf noch etwas tiefer zwischen die Schultern, wobei ihm seine langjährige Erfahrung half.

Sonja lachte. »Ich bin auf jeden Fall nicht blöd. Also los dann, laden wir auf, damit ich weiterkomme. Anschließend fahren wir runter nach Wittdün und ihr holt einen Vorschuss von der Bank. Wenn nicht, kriegt ihr eure Leiche zurück.« Sie sah auf die Uhr. »Das schaffen wir noch, bis die Fähre geht. Macht mal.«

Jensen öffnete die Hecktüren des Caddys und schob das Gerümpel beiseite.

»Heilige Scheiße«, sagte Sonja, die einen Schritt näher getreten war, »die kenne ich. Die habe ich schon im Frühstücksfernsehen gesehen. Beim Verbrauchertipp hat sie was übers Geldanlegen erzählt. Schade, dass ich nicht aufgepasst habe.«

»Pack lieber an«, knurrte Jensen.

»Moment mal, erst müsst ihr sie ausziehen. Klamotten fallen auf, wenn die Brocken aus dem Zerkleinerer kommen.«

»Was meinen Sie mit Brocken und Zerkleinerer? Bekommt sie kein ordentliches Begräbnis?«, fragte Hantsch.

»Vielleicht nicht ordentlich, aber gründlich. Und jetzt voran, weg mit den Klamotten und aufgeladen«, war Sonjas unwirsche Antwort.

Hantsch fehlte die Kraft zum Protest. Er klammerte sich an Jensens Caddy fest und schluckte krampfhaft gegen einen Würgereiz an.

»Schiet«, brummte Jensen. »Hantsch, reiß dich zusammen und hilf.«

»Ja, ich versuche es«, hauchte Hantsch.

Sonja trat für ihn zur Seite. Er schluckte noch einmal schwer, dann zog er mit spitzen Fingern einen der braunen Ballerinas ab. Ein schlanker Fuß mit ebenso braun lackierten Zehennägeln kam zum Vorschein.

Jensen riss grob an Jacke und Bluse. »Stell dich nicht so an«, meinte er, als er Hantschs zauderndes Hantieren gewahr wurde.

»Aber die Pietät«, flüsterte Hantsch.

»Zieh die Hose runter, ich halt sie fest«, knurrte Jensen, während er Madeleines Gürtel öffnete.

Hantsch gehorchte. Ihm war zum Heulen zumute, denn zum ersten Mal konnte er eine Frau entkleiden, warum nur musste sie schon tot sein?

Allerdings stoppten Madeleines Knie seine Bemühungen. Sie hielt die Beine beharrlich ein Stück gespreizt und dafür war der Hosenbund zu eng. Jensen zog ein Taschenmesser aus seinem Kittel und säbelte.

»Die habt ihr gekühlt aufbewahrt, was?«, meinte Sonja.

»Ich hatte sie mit auf Arbeit«, knurrte Jensen unter Schnaufen, »aber da war sie keine große Hilfe. Hat nur dumm im Weg gelegen.«

Mit einem letzten Ratschen zerriss die Hose in zwei Hälften und Hantsch konnte sie abziehen. Verstohlen betrachtete er dabei ihre Brust, die Jensen mit dem Taschenmesser vom Büstenhalter befreite.

»Die Unterhose«, brummte Jensen. Wieder setzte er das Messer an.

Hantsch bekam Herzklopfen. Er schwitzte nun, trotz der feuchten Klamotten.

Madeleines Schamhaar bildete einen feinen dunklen Strich, der sich von der Blässe ihrer Haut scharf abhob.

»Gott, sieht die gut aus«, meinte Sonja, »das ist eine Schande. Seid ihr sicher, dass die was mit Drogen zu tun hatte? Die ist nämlich Unicef-Botschafterin, hat sie im Fernsehen erzählt. Und wenn man gute Renditen hätte, sollte man was abgeben.«

»Erzähl keine Märchen. Lass uns die Schlampe aufladen und die anderen beiden holen«, rief Jensen.

Sonja erstarrte. »Welche anderen beiden?«

»Werner und Herr Kirchner«, antwortete Hantsch, »da ist nämlich ein Malheur passiert.«

»Das ist jetzt nicht wahr! Ihr habt noch zwei?«, schrie Sonja. Sie fuhr sich mit beiden Händen in ihr Gestrubbel.

»Ja und? Weg jetzt mit der hier. Willst du sie mit dem Kran packen?«, fauchte Jensen.

Kopfschüttelnd stand Sonja da, die Hände nun in die wulstigen Hüften gestemmt.

»Kommt auf zwei mehr nicht an, oder?«, fragte Hantsch leise.

»Ihr habt sie nicht alle. Ihr habt drei Leichen und alles ist ein Unglück? Haltet ihr mich für bescheuert? Warum geht ihr eigentlich nicht zu den Bullen?«

»Es ist wirklich so, wir können nichts dafür. Die Polizei

glaubt uns das bestimmt auch nicht. Außerdem wird man uns fragen, warum wir nicht gleich gekommen sind. Und was dann?«, sagte Hantsch beschwörend.

Sonja winkte ab. »Das kann ja alles sein, aber drei Leichen auf einmal ist riskant. Das könnte auffallen. Wo sind die anderen?«

»In den Dünen am Strunwai«, murmelte Hantsch.

»Da kann ich nicht hinfahren«, erwiderte Sonja prompt. Da gibt's für mich nichts abzuholen, das könnt ihr vergessen. Die müsst ihr dort selbst wegholen, damit ich sie übernehmen kann. Aber das schaffen wir heute sowieso nicht mehr. Und glaubt ja nicht, dass ich das auch für die Fünftausend mache.«

»Ja, ja, schon gut«, sagte Jensen. »Wie viel?«

»Fünftausend pro Stück.«

»Gibt's etwa keinen Mengenrabatt?«, erkundigte sich Hantsch. »Wenn ich Schilder einkaufen muss, bestelle ich immer erst, wenn genügend gebraucht werden, und dann gibt es Rabatt.«

»Bei mir gibt's höchstens einen Risikoaufschlag!«, schrie Sonja ihn an. »Was denkt ihr euch eigentlich? Noch ein Wort, dann haue ich ab und ihr könnt sehen, wohin mit eurem Schwindel.«

»Schon gut, reg dich ab«, brummte Jensen. »Lass uns das hier mal verladen und dann sehen wir weiter.«

»Schnappt sie euch und schmeißt sie dort rein. Da ist eine Leiter.« Sonja zeigte auf die Wagenseite, die dem Wäldchen zugewandt war.

Es kostete Hantsch große Überwindung, Madeleines Beine zu packen, zumal sich ihm nun ein freier Blick dazwischen offenbarte. Von da roch es zudem sehr streng.

Du stehst das durch, redete er sich gut zu. So sah das also

in natura aus. Bei seiner Mutter hatte er sich immer wegdrehen müssen, wenn sie in seiner Gegenwart die Unterwäsche wechselte. Zum Glück hatte sie dies höchstens einmal in der Woche getan.

Ächzend schob sich Jensen die Leiter hoch, seine Last mit einem Arm umklammert. Wenigstens behinderte die Tote ihren Abtransport nicht, da sie noch einige Körperspannung aufbrachte.

»Halt«, rief Sonja, »der Schmuck muss weg.«

Sie kam heran und griff nach den Händen. Drei Ringe verschwanden in ihrer Hosentasche. Dann nahm sie ein goldenes Fußkettchen ab.

»Die Ohrhänger und die Halskette«, sagte sie zu Jensen. »Lass sie ein Stück runter, ich komm nicht ran.«

Keuchend gehorchte Jensen. Er stieg die Leiter wieder herunter und lehnte die Tote wie ein Brett gegen den Laster. Während Hantsch sich wunderte, dass sie nicht sofort in sich zusammensank, wanderte der restliche Schmuck in Sonjas Latzhose.

»Allez hopp«, meinte sie zum nun rotköpfigen Jensen. »Zeig mal, wie gut du mit Frauen umgehen kannst.«

Unter Aufbietung aller Kräfte schoben sie den Leichnam über die Bordwand. Ein Platschen signalisierte, dass er auf der anderen Seite aufgeschlagen war. Das Geräusch und die damit verbundene Vorstellung über die Art der Ladung bescherte Hantsch eine Welle der Übelkeit. Viel fehlte nicht und er hätte sich übergeben müssen.

»Okay«, sagte Sonja, »dann los. Ich misch das später durch, wenn ich auf die Fähre warte.«

»Was passiert jetzt damit? Wird doch kein Dönerfleisch draus gemacht, oder?«, fragte Hantsch, dabei schüttelte ihn ein weiterer, jäher Schauer.

»Das kippe ich in den Zerkleinerer. Danach merkt niemand mehr was. Die Ladung ist Klasse drei und gibt Katzenfutter oder Brennstoff. Biogas und Dünger kann auch sein, je nachdem. Seife kann man auch draus machen.«

Unwillkürlich zuckte Hantsch zusammen und starrte auf seine Hände. »Welche Seife?«

Sonja zuckte mit den Schultern. »Alle möglichen, das wird Seifengrundstoff ...«

Hantsch schob die Hände tief in die Jackentaschen. »Fällt das nicht auf, wenn ausgeladen wird?«, fragte er leise.

»Warum bist du so neugierig? Machst du dir etwa Sorgen um mich? Das ist ja goldig. Nee, weißt du, da nimmt so ein Heini an, der will dauernd Süßholz raspeln. Dann checkt der überhaupt nichts mehr.«

Sonja kicherte ausgiebig. Ihr massiger Körper wackelte dabei und Hantsch bekam eine Ahnung davon, welcher Körperteil welchen Knubbel formte.

*

Jensen zog seine Karte aus dem Automaten. »Ich kann nichts abheben.«

»Wieso? Was soll das heißen? Soll ich jetzt etwa alleine zahlen?« Hantschs Stimme zitterte vor Empörung.

»Is eben nix mehr da«, brummte Jensen.

»Aber Sie haben eine Arbeit! Lügen Sie mich an, weil Sie denken, der Dummkopf soll alleine zahlen?«

Die Bankkarte verschwand wieder in Jensens Geldbörse. Gleichmütig blickte er Hantsch an. »Hab in letzter Zeit nicht viel gemacht. Kohle bekomm ich nur nach erledigten Jobs. Aber reg dich ab, wenn wir den Kram verticken, bekommst du dein Geld zurück.«

Hantsch riss die Arme hoch, wollte etwas erwidern, ließ es aber sein, weil sich Leute hinter ihnen drängelten.

Sie trabten zum Fährhafen zurück, wo Sonja mit dem Laster wartete. Die Wartezeit hatte sie genutzt und nach dem Durchmischen eine Plane über den Laderaum gezogen.

Obwohl es nicht mehr regnete, war ihre Latzhose feucht und fleckig und sie wischte ihre Hände am Hosenboden ab, als sie Hantsch und Jensen erblickte.

»Das ist die Anzahlung«, murmelte Hantsch. Er hielt ihr den Packen Scheine hin.

»Wieso nur so wenig?«, fragte Sonja, nachdem sie sorgfältig gezählt hatte.

»Petter behauptet, er kann nichts abheben, und ich habe eben ein Limit von täglich nur anderthalbtausend.«

»Wie wollt ihr dann erst fünfzehntausend auftreiben? Soll ich zehn Tage warten? Das geht mit uns erst weiter, wenn ihr das Geld zusammenhabt.«

Sonja sah ziemlich ungehalten aus. Ihr Gesicht bildete eine starre Maske, Augen und Mund verkniffen. Auch das erinnerte Hantsch an seine Mutter und entsprechend unbehaglich fühlte er sich.

»Du kannst was von dem Stoff abhaben«, brummte Jensen.

Hantsch bedachte ihn mit einem forschenden Seitenblick.

»Den Mist könnt ihr selbst behalten. Mit so was gebe ich mich nicht ab. Ich bin doch nicht kriminell«, zischte Sonja.

»Schon gut, war ja nur ein Vorschlag. Die Sylter Pfeffersäcke jiepern nach dem Zeug. Aber du wirst dich ärgern, wenn wir die Taschen voll Geld haben.«

»Hör zu, du Pfeife«, erwiderte Sonja, indem sie sich vor ihm aufbaute, »wenn du deine Schlachtabfälle noch loswerden willst, bringst du die mit deiner Karre zum Festland. Ich hab keinen Bock, mir irgendeinen Scheiß auszudenken, damit ich die nächsten Tage wieder herkommen kann. Und du bringst die Kohle mit, vollständig, sonst brauchst du nicht anzutanzen. Kapiert?«

»Jo, jo, is ja gut. Mann, bist du muksch«, brummte Jensen.

Inzwischen hatte sich der Fähreninhalt auf die Insel ergossen und die Ampel für den Abfluss in den Schiffsbauch sprang auf Grün.

Ohne ein weiteres Wort stieg Sonja in den Laster und hüllte die beiden Männer in eine Wolke Dieselruß.

»Wollen Sie jetzt etwa auch aufs Festland?«, fragte Hantsch, weil Jensen mit dem Autoschlüssel klimperte.

»Jau, ich will mal nach Hause und mir beim Scheff neue Aufträge holen«, sagte Jensen. »Ich komme morgen oder übermorgen wieder, wenn für die Inseln wieder Arbeit da ist.«

Der rote Caddy wurde angehupt, weil er die Spur versperrte, und die ersten Wagen umkurvten ihn schon.

Hantsch verstellte Jensen den Weg. »Sie wollen mit dem Löscher abhauen, stimmt's?«

»Häh? Mit dem Stoff, meinst du? Den hast du mitgenommen …«

»Ich habe ihn aber nicht mehr, und das wissen Sie!«

Jensen stemmte die Hände in die Hüften. »Sag mal, hat dir jemand ins Hirn geschissen?«

»Sie sind ein übler Betrüger und ein Schwerverbrecher obendrein!« Hantsch keuchte vor Empörung, wie sooft in diesen Tagen. »Jetzt wollen Sie mir auch noch die letzten Kröten aus dem Kreuz leiern und mit dem Diebesgut verschwinden. Und was mit den Toten passieren soll, ist Ihnen egal, Hauptsache, Sie haben Ihren Schnitt gemacht und sind weg.«

»Wie kommst du auf so einen Scheiß?«, rief Jensen.

»Du hast deinem Komplizen eins übergezogen und dir den Löscher geschnappt!«, schrie Hantsch. »Du hast gedacht, wenn Katelbeck gefunden wird, erinnert sich alle Welt daran, dass ich mit ihm im Café gesessen und ihn später zu Hause besucht hab!«

Sprachlos, mit offenem Mund und Unmassen Stirnfalten spielte Jensen für Hantsch ziemlich überzeugend den Überraschten.

Die Asphaltfläche vor dem klaffenden Maul der Fähre war nun leer, bis auf den roten Caddy und einen Lieferwagen, der daneben hielt. Durch die geöffnete Seitenscheibe rief jemand zu Ihnen herüber. »Kann ich helfen? Läuft die Kiste nicht mehr?«

»Nee«, rief Jensen, »zisch ab.«

Der Transporter brauste Richtung Fähre und direkt danach sprangen alle Ampeln auf Rot.

»Schiet«, knurrte Jensen, »jetzt komm ich wieder nicht mit. Was erzählst du da für eine Geschichte? Was ist mit diesem Katelbeck?«

In das Scheppern der Fähre, mit dem sie ihren Rachen schloss, erzählte Hantsch von seiner Begegnung mit Katelbeck. Wie er bedroht wurde und später dessen Wohnung betreten habe, weil die Tür nur angelehnt gewesen wäre, wo Katelbeck mit einer Kopfwunde am Boden gelegen und nicht mehr geatmet habe. Das Blut wäre noch geflossen, die Untat könne noch nicht lange zurückgelegen haben. Den Löscher habe er, als er vor Schreck davongerannt sei, einfach fallen gelassen und vergessen.

»Warum glaubst du, ich hätte was damit zu tun?«, fragte Jensen ungehalten.

»Ich habe Ihren Wagen gesehen, kurze Zeit später. Ganz in der Nähe sind Sie auf die Hauptstraße gefahren.«

»Mann, ich hatte in Wittdün zu tun. Ich hab fünf oder sechs Löscher geprüft, verdammt. Den Katelbeck kenn ich überhaupt nicht.« Jensen schob die Unterlippe vor.

»Wenn das stimmt …« Hantsch brach ab, verschränkte die Arme vor der Brust und versuchte es erneut. »Wenn das stimmt, was Sie sagen, wer hat Katelbeck dann erschlagen?«

»Woher soll ich das wissen?«, brummte Jensen. »Is mi ook schietegal. Der Löscher mit dem Zeug interessiert mich.«

»Wenn Sie ihn nicht haben, müsste er noch da sein«, erwiderte Hantsch.

»Ja verdammt, los, fahren wir hin und sehen nach«, meinte Jensen.

Na gut, sagte sich Hantsch, mal sehen, ob er den Weg ohne mich kennt. Dann ist aber Schluss mit dieser Scharade.

Sie stiegen in den Caddy und fuhren los. Nachdem Jensen am Fährenhaus vorbeigesteuert hatte, drehte er sich zu Hantsch. »Wohin? Ich kenn den Weg nicht.«

Das wäre auch zu einfach gewesen, dachte Hantsch. Andererseits war er heilfroh: Wäre Jensen der Übeltäter, was würde ihn davon abhalten, Hantsch ebenfalls ins Jenseits zu befördern? Bisher hatte er darüber noch nicht nachgedacht.

»Wat nu? Träumst du?«

»Tidenweg elf, so ein modernes Apartmenthaus.«

Jensen musste noch nicht mal überlegen, welchen Weg er dorthin einschlagen musste, was Hantschs Argwohn erneut anstachelte. Allerdings gab es in Wittdün nicht allzu viele Straßen, es konnte daher sein, dass Jensen sich wenigstens ein bisschen auskannte.

Sie parkten im Halteverbot vor dem Haus. Das Abendlicht spiegelte sich golden und kupfern in den großen Fensterflächen.

Immer noch ließ sich die Haustür einfach aufdrücken.

»Zweiter Stock«, flüsterte Hantsch. Er wartete, dass Jensen vorausging.

»Mach dir nicht wieder in die Hose«, sagte Jensen, bewegte sich aber nicht vom Fleck.

Sie sahen sich an, lauschten, atmeten flach.

»Geh, du kennst den Weg«, zischte Jensen.

»Es ist einfach nur die Treppen hoch und oben das Apartment links«, wisperte Hantsch.

»Bangbüx!«

»Großmaul!«

»Drönbüdel!«

»Angeber!«

Da es Hantsch vor Spannung nicht mehr aushielt, schubste er Jensen beiseite und stieg, jeden Fuß leise und bedächtig setzend, hinauf. Seine Herrenhandtasche hielt er mit beiden Händen vor der Brust, so fühlte er sich sicherer.

Alles blieb ruhig.

Die Treppe endete in einem Flur, von dem vier Türen abgingen. Hantsch schlich bis vor Katelbecks Wohnung und lauschte. Von weiter Entfernung konnte man eine Toilettenspülung rauschen hören. Hantsch legte sein Ohr an die Tür und schloss die Augen.

»Und?«, fragte Jensen hinter ihm.

Hantsch winkte ihm, er solle die Klappe halten. Aber so sehr er sich auch bemühte, aus der Wohnung drang kein Laut.

»Alles ruhig. Aber ich glaube, ich habe die Tür offen gelassen, als ich weggelaufen bin. Jemand muss sie geschlossen haben«, sagte er, immer noch flüsternd.

»Gut, aber wie sollen wir reinkommen?«

Hantsch zuckte die Schultern. Er legte die Handfläche seiner langfingerigen Rechten oberhalb des Knaufs auf das Türblatt und drückte vorsichtig dagegen.

Die Tür gab nach. Mit einem kratzenden Geräusch ließ sie sich aufschieben. Nur ein Läufer, der ein Stückchen über die Schwelle hinausgewandert und eingeklemmt war, weswegen die Schlosszunge nicht einschnappen konnte, leistete Widerstand. Der Flur lag verlassen da. Durch die halb offen stehende Tür zum Wohnzimmer fiel schummriges Licht.

Hantsch schluckte vor Aufregung. »Hallo?«, sagte er mit leicht erhobener Stimme.

Es blieb still.

Ein paar behutsame Schritte brachten Hantsch zum Wohnzimmer. Ganz vorsichtig schob er die Tür auf. Der große Raum mit den teuren Möbeln, die keinerlei Behaglichkeit ausstrahlten, war unbelebt. Von einer Leiche keine Spur.

»Er ist weg«, wisperte Hantsch.

»Wer?«, fragte Jensen so dicht hinter ihm, dass Hantsch sich fürchterlich erschrak.

»Katelbeck. Da hat er gelegen.«

»Ich dachte, du meinst den Löscher.«

»Der Löscher?« Hantsch sah sich um. »Der ist auch nicht da.«

»Wo hätte er denn sein sollen?«, fragte Jensen, schob sich an Hantsch vorbei und schaute sich um.

»Schicke Bude«, brummte er. »Na, dein toter Katelbeck ist spazieren gegangen und hat statt dem Hund den Löscher mitgenommen, was?«

»Ich weiß nicht«, murmelte Hantsch. Er trat näher an die Stelle, wo Katelbeck eigentlich hätte liegen müssen.

Jensen drehte sich zu Hantsch und stemmte die Hände in die Hüften. »Ach nee? Du hast dir nicht zufällig alles ausgedacht, damit du das Zeug für dich behalten kannst?«

»Nein! Hier, genau hier lag er.«

Hantsch bückte sich. »Da, sehen Sie? Die Parkettritzen, ganz dunkel. Das … das muss vom Blut kommen.«

»Blut? Das kann ja jeder sagen …«

»Nein, wirklich! Und hier, da, die Delle, da hab ich den Löscher fallen gelassen. Ich hatte ihn schon aus dem Koffer genommen, als ich vor der Tür stand und gewartet habe. Überhaupt, wo ist mein Koffer?« Er richtete sich auf und schaute sich wieder um.

»Den gibt's nur in deinen Spinnereien«, fauchte Jensen.

»Nein, wirklich! Ich habe ihn im Hausflur stehen lassen.« Hantsch wies zum Boden. »Da ist auch roter Lack. Der Karton muss aufgeplatzt sein.«

»Das hast du dir aber fein ausgedacht, du Lögenmul. Hast gedacht, wenn ich den Jensen nicht erreiche, ziehe ich die Sache alleine durch, was? Hast dem Verbreeker den Löscher übern Scheitel gewichst und dem Dämlack Jensen erzählst du ein Märchen, dat glöövt der schon?«

Hantsch schüttelte heftig den Kopf. »Nein, das stimmt überhaupt nicht. Ich hätte mich nie auf diesen Quatsch einlassen sollen und schon gar nicht auf Sie!«

»Für dein Gejösel ist es jetzt zu spät. Rück den Löscher raus, sonst passiert was!«, brüllte Jensen.

*

»Sicher war der tot.« Hantsch musste gegen den Lärm aus dem Fernseher anreden, wo gerade ein Fußballspiel übertragen wurde, das den Kneipeninsassen laute Missfallensäußerungen entlockte.

»Dann hat ihn jemand weggeschleppt, mit dem Löscher.« Jensen trank einen Schluck Bier, der das Glas zur Hälfte leerte.

»Ja, das glaube ich auch, zumal ich eigentlich sicher bin, dass er halb auf einem Teppich gelegen hat, der jetzt auch fehlt. Eingewickelt und weggeschleppt – so muss es gewesen sein! Na, wenigstens haben wir meinen Koffer wiedergefunden. Bestimmt hatte den ein Nachbar oder die Hausverwaltung zu den Mülleimern gestellt.« Hantsch rülpste leise. »Entschuldigung.«

Auf Jensens Winken kamen zwei frische Biere. Hantsch betrachtete sie und kicherte. »Noch eins kann ich nicht.«

»Wie, mit einem bist du schon bedient?«

»Ich trinke nie und wir müssen noch arbeiten. Du weißt doch, die Dünen rein halten. Außerdem müssen wir überlegen. Warum ist der Teppich, nein, der Katelbeck weg?«

Jensen kratzte sich an seinem stoppeligen Hals. »Keine Ahnung.«

»Na, ist doch ganz einfach.« Hantsch fuchtelte wild mit den Händen. »Erstens«, er bog den Zeigefinger um, »niemand soll die Leiche entdecken. Zweitens«, der Mittelfinger folgte, »wenn niemand die Leiche findet, ist es, als lebte der noch. Warum? Drittens«, der Ringfinger, »weil da irgendwo etwas sein muss, das den Mörder interessiert. Du hast ja gesehen, dass jemand alle Schränke und Schubladen durchwühlt hat. Gefunden hat er es nicht.«

Hantsch nahm doch noch einen Mundvoll Bier.

»Woher willst du das wissen, Dr. Schlau?«

»Weil er, viertens, die Leiche mitgenommen hat. Geld hat ihn nicht interessiert, sonst wären die Scheinchen, die Sie eingesteckt haben, nicht mehr da gewesen.« Der kleine Finger war an der Reihe. »Wenn er alles gefunden hätte, was er brauchte, wäre der ganze Aufwand unnötig und Katelbeck noch dort. Jetzt versteckt er die Leiche, damit er in Ruhe weitersuchen kann.«

Jensen starrte ihn an. »Versteh ich nicht.«

»Macht nichts, wichtig ist, dass ich das verstehe, verstehen Sie? Ach egal, weiter. Fünftens«, der Daumen knickte ein. »Der Mörder hat den Löscher mitgenommen. Warum? Warum dachte er nicht, ich wäre ein Bote oder so? Na, kommen Sie drauf?«

Jensen winkte ab. »Du siehst eben wie ein Beamter aus.«

»Schön wär's«, sagte Hantsch, »ich bin aber leider nur Angestellter. Nee, der wusste, dass ich kein Bote bin. Der wusste, was der Löscher enthält.«

»Märchenonkel«, brummte Jensen.

»Genau«, rief Hantsch, »Märchen erzählen uns was über Moral und die Schrecken der Welt. Wegen dem, was in dem Löscher drinsteckt, hat der Mörder Katelbeck eins über die Rübe gezogen. Warum nicht mir?«

Jensen antwortete nicht, er stierte Hantsch bloß an, als habe sich sein Gegenüber in ein Schleimmonster verwandelt.

»Auch ganz einfach.« Hantsch redete weiter, ohne dass er auf Jensens sichtliche Verwirrung einging. »Katelbeck muss noch mehr von dem Zeug haben, deshalb war er im Weg und musste sterben, kapiert?«

Ein Mann mit rot geäderten Augen, der neben ihnen stand und gebannt auf die Mattscheibe blickte, beugte sich zu ihnen herunter. »Was sabbelt ihr da für'n Schiet? Haut ab, wenn ihr kein Fußball nich kieken wollt.«

Auch diesen Einwand beachtete Hantsch nicht weiter.

»Der Mörder hat etwas mit Katelbeck gemeinsam. Katelbeck wusste nämlich über uns und den Löscher Bescheid. Der Mörder wusste auch von dem Löscher. Woher? Dieselbe Quelle? Sind das Kumpane gewesen?«

Der Mann neben ihnen stieß gegen Hantschs Schulter. »Nu is aber genuch mit dein Gesabbel. Hier wird tokiekt.«

Hantsch drehte sich zum Bildschirm. »Na, ich schaue doch hin. Da, Tor!«

Die Menge heulte entsetzt auf und der Rotäugige starrte Hantsch wütend an, sagte aber nichts, weil er von der folgenden Zeitlupe in den Bann geschlagen wurde.

»Ich glaube, wir gehen besser. Oder was meinen Sie, Petter?« Die Antwort wartete Hantsch nicht ab. Er erhob sich und drängelte sich zur Theke. »Der da zahlt«, rief er dem Wirt zu, dabei zeigte er mit dem Daumen auf Jensen.

Es dauerte lange, bis sich Jensen endlich am Caddy einfand.

»Ich wollte gerade alleine los«, brummte Hantsch. Ihm war kalt, denn der Herbst deutete an diesem Abend an, zu was er fähig war.

»Der Wirt hat mich nicht rausgelassen«, meinte Jensen ungehalten. »Erst als ich deine Zeche auch bezahlt habe.«

»Ja und? Du hast bei Katelbeck mindestens zweihundert Euro aus der Zuckerdose genommen. Das habe ich genau gesehen.«

Jensen grummelte vor sich hin, aber offenbar war er nicht zu Diskussionen aufgelegt.

»Ich frage mich, was Werner und Kirchner eigentlich vorhatten«, sinnierte Hantsch, als sie Richtung Nebel losfuhren. »Die wären an dem Abend nicht mehr aufs Festland zurückgekommen. Wollten die hier übernachten? Und woher wussten die von den sechs Kilo im Feuerlöscher? Werner sagte, es wäre seins. Katelbeck behauptete auch, es wäre seins. Warum überhaupt war das da drin? Ganz klar ist mir das alles noch nicht.«

Ziemlich abrupt bremste Jensen und rollte rechts ran. »Na klar«, sagte er, »das Boot! Madeleine hat was von einem Boot erzählt, wo der Löscher drauf war. Dass es ihr gehört, glaube ich nicht. Dann war es das von diesem Katelbeck. Die Frage ist, wo steckt der Kahn? Vielleicht gibt's da noch mehr Löscher.«

Hantsch betrachtete Jensen von der Seite. Er hatte nicht damit gerechnet, dass sich in dessen Kopf noch etwas bewegen könnte, und war dementsprechend überrascht. Auch ein wenig verstimmt, weil er sich schon darauf eingerichtet hatte, dass Jensen ohne seine, eben Hantschs, Kombinationsgabe aufgeschmissen sein würde.

»Sagen Sie es mir, Sherlock«, erwiderte er in der Hoffnung, Jensen käme nicht viel weiter.

»Katelbeck hat seine Wohnung in Wittdün, da wird er sein Boot sicher nicht auf dem Festland liegen haben.«

»Und was heißt das nun?«

»Ich hätte an seiner Stelle einen Liegeplatz drüben im Tonnenhafen.« Jensen nickte mit dem Kinn nach rechts. »Sollen wir nachsehen?«

Hantsch hob die Schultern. »Meinetwegen.«

Jensen fuhr wieder los und bald darauf bogen sie in die Straße zum Tonnenhafen ein. Von Weitem konnte man die gelben Lichter erkennen, mit denen der Kai, an dem Tonnenleger und Seenotretter anlagen, ausgeleuchtet wurde.

»Wir wissen aber überhaupt nicht, welches Boot Katelbecks ist. Wie sollen wir das rauskriegen?«, fragte Hantsch tief in Gedanken.

»Die Schaluppe mit *Lachs und Aal vom Karl* wird's wohl kaum sein«, knurrte Jensen.

»Das hätte ich auch ohne Sie gewusst«, gab Hantsch zurück.

Weit vor den Gebäuden des Jachtklubs hielt Jensen in einem Feldweg wieder unter ein paar Bäumen an. Er drehte den Wagen so, dass sie einen Blick auf den Hafen hatten.

»Denk doch mal nach, Mensch«, knurrte Jensen dann, »Madeleine hat gesagt, sie wären bei Sturm draußen gewesen. So viele Boote kommen da nicht mehr infrage. Eine Motorjacht mit Kabine, nach so einer musst du suchen. Eine, wo der Löscher fehlt und vielleicht sonst noch was kaputt ist.«

»Moment mal. Wieso ich? Sie sind der Schiffsexperte. Wollen Sie nicht mitsuchen?«

»Ich kann da mit meiner Montur nicht rumlaufen, die fällt auf, weil alle mich kennen. Dass ich nachts Boote ankieken will, glaubt mir kein Mensch. Die Löscher vom Schifffahrtsamt habe ich gestern schon alle geprüft.«

»Sie finden doch immer einen Grund, weshalb Sie sich's bequem machen können. Ich habe auch so einen in meiner Abteilung«, meinte Hantsch.

»Fängst du jetzt schon so an wie mein Scheff?«, brüllte Jensen. »Der glaubt auch, er hätte die Arbeit erfunden, dieser dänische Schlausabbeler. Friesenärsche, die wissen alles, können alles, die scheißen sogar schöner als unsereiner.«

»Mein Gott, was haben die Ihnen denn getan?« Hantsch war schockiert von der Vehemenz dieser Tirade.

»Die mit ihrem Küsten- und Seefahrtsscheiß, die schaufeln Kohle wie verbrannt und ich komm zu nix, weil ich nicht dazugehöre. Die schlimmsten sind die Hamburger Friesen. Stinken nach Kohle, aber feilschen wie die Schafficker!«, brüllte Jensen weiter.

»Ja, ja, ist ja gut. Ich komme bloß aus Niedersachsen und es wäre angenehm, wenn Sie auf meine Gehörgänge Rücksicht nähmen.«

Jensen knurrte noch etwas Unverständliches, blieb jedoch ansonsten still. Jetzt mochte Hantsch das Thema, das diesen Ausbruch ausgelöst hatte, nicht mehr anschneiden. Es erschien ihm nun sogar angenehmer, einen kleinen Spaziergang allein zu unternehmen.

»Gut, ich gehe«, sagte er deshalb, dachte einen Moment nach und öffnete seine Handtasche. Beim Griff nach seiner Taschenlampe stieß er auf einen kleinen, gepolsterten Umschlag, den er herausnahm. »Das hat mir der Paketbote in die Hand gedrückt, weil es zu dick für den Briefkastenschlitz war.«

»Häh?«

»Na, als ich bei Katelbeck aus der Haustür kam. Ob ich ein Nachbar wäre und das für ihn annehmen könnte. Dann hat er mir es in die Hand gedrückt.«

Hantsch drehte es hin und her und befühlte es. »Könnte ein Handy sein. Was machen wir jetzt damit?«

»Zeig mal.« Jensen betastete es ebenfalls. »Ich mach's auf.«

»Aber das Postgeheimnis ...«, sagte Hantsch.

»Blödsinn! Du hast doch gesagt, der wär hin. Wen interessiert da das Postgeheimnis?«

Noch während Jensen redete, zerrte er an dem Umschlag herum. Er riss mit großem Kraftaufwand eine Ecke ab und quetschte den Inhalt heraus. Ein rundliches, gelb-schwarzes Gerät fiel heraus, das tatsächlich Handygröße hatte. Allerdings besaß es zwar ein Display, aber kein Tastenfeld, nur einen gelb geränderten, schwarzen Einschaltknopf, den Jensen drückte.

»Ah, ein GPS«, brummte er, dabei betrachtete er das Bild, das auf dem Display erschien. Er zeigte es Hantsch. »Da, die Deutsche Bucht. So langsam komm ich dahinter, was die Saubande getrieben hat.«

»Wie, was?« Von Verstehen konnte bei Hantsch keine Rede sein.

»Ist doch klar. Die sind mit ihrem Kreuzer raus und haben Ware übernommen.«

»Wie, übernommen? Von wem?«

»Von einem Frachtschiff natürlich. Das GPS zeigt ihnen den Weg zum Schiff oder zur Ware. Sie müssen nur noch wissen, wann. Raffinierte Saubande.«

»Sie meinen, die bekommen das Rauschgift da draußen auf dem Meer …«

»Sag ich doch. Los zisch ab. Ich wette, auf dem Kahn gibt's noch mehr von dem Pülverchen.« Jensen rieb sich die Hände. Seine Laune war wie ausgewechselt.

*

Am ersten Steg lagen nur kleinere Boote, soweit Hantsch das im gelborangen Licht der sporadischen Lampen überblicken konnte. Nur am entfernten Ende, wo der Steg nach links abknickte und seinem Pendant vom anderen Steg entgegenstrebte, konnte er höhere Aufbauten von Jachten erkennen. Der andere Steg bot dagegen eine Fülle von größeren Booten.

Hantsch ärgerte sich nun doch, dass er alleine auf Suche gehen musste. Er hatte überhaupt keine Vorstellung davon, wie groß eine hochseetaugliche Jacht, von der Jensen gesprochen hatte, mindestens sein musste.

Machen wir es systematisch, sagte er sich. Er drehte sich kurz zum Jachtklub um, dessen Fenster noch erleuchtet waren. Menschen waren anscheinend nicht unterwegs.

Die ersten Meter des hölzernen Stegs waren von Metallgeländern flankiert. Dort, wo sie endeten, versperrte ein niedriges Gatter den Weg.

Hantsch fluchte leise vor sich hin. Die Schrifttype des

Schildes auf dem Gatter, das die Zugangsberechtigung erklären sollte, war absolut unpassend und das Schild hing im Ganzen zu tief. Da verstand jemand sein Handwerk nicht und verdiente, dass man sein Ansinnen ignorierte.

Erneut startete Hantsch einen Rundumblick, dann griff er nach der Oberkante des Gatters und schob ein Bein hinüber.

Das Gatter schwang ihm ein Stück entgegen, rutschte mit dem oberen Rohr in seinen Schritt, sodass Hantsch ungewollt rittlings darauf zum Sitzen kam. Die Höhe passte nicht zu seiner Beinlänge, er kam mit den Füßen kaum auf den Boden und wurde im Schritt gepiesackt. Auf Zehenspitzen musste er zum beweglichen Ende des Gatters trippeln, wo er sich aus der misslichen Lage befreien konnte. Alles Bemühen um Geräuschvermeidung war durch das metallische Quietschen und das Trappeln, das durch die Bewegung entstand, konterkariert.

Mit gesträubtem Nackenhaar schlich Hantsch über die Bohlen, aber nichts regte sich. Dabei ließ er seinen Blick über die Boote gleiten. Für ihn kam keines infrage, bis er zu der Stelle kam, wo der Steg scharf abbog. An diesem kurzen Ende schaukelten sanft drei größere Jachten, die Hantsch durchaus für Fahrten weit hinaus geeignet hielt.

Das erste Boot in der Reihe zeigte mit Heck zum Anleger. Laut Aufschrift in Bugnähe hieß es *Porta Capena*, was er nur lesen konnte, weil kein anderes Schiff die Sicht versperrte.

Die *Porta Capena* hatte was von einem kleinen Dampfer. Die Kabine mit dem überkragenden Dach war mit Fenstern bestens bestückt und musste die Ausmaße eines respektablen Wohnzimmers umfassen. Darüber erstreckte sich, umfriedet von einer Reling, eine Art Sonnenterrasse, die auch ein Schlauchboot mit Außenborder beherbergte. Ein stabiler, antennenbesetzter Turm krönte den Aufbau.

Hantsch überlegte, ob er an Bord etwas über die Schiffseigner herausfinden könnte, außer dem Aufkleber vom Jachtklub Westerland neben der Tür zur Kabine. Er trat an die Stegkante heran, packte eine der stählernen Haltestangen, mit denen die aufragenden Pfähle, die als Festmacher dienten, da und dort bestückt waren, und beugte sich auf der Suche nach einer Art Nummernschild weit vor.

In diesem Moment bemerkte er einen rot glühenden Lichtpunkt auf der Sonnenterrasse und gleichzeitig erschnupperte er einen feinen Hauch von Tabakqualm.

Sofort zog sich Hantsch hinter den nächsten Anlegepfahl zurück, der wie alle anderen dummerweise nicht hoch genug war, als dass er ihn vollständig verbergen konnte.

Er verharrte, dabei beobachtete er den Lichtpunkt, der immer wieder hell aufleuchtete und dann ein Stück beiseitewanderte.

Der rauchende Mensch dort oben hatte entweder nichts bemerkt oder reagierte nicht auf Personen, die den Steg benutzten. Wahrscheinlich hielt er Hantsch für einen Skipper, der zu seinem Boot unterwegs war.

Deshalb tappte Hantsch weiter zur nächsten Jacht. Dieses Exemplar wirkte mit seinen hölzernen Planken und Aufbauten recht betagt. Einen Segelmast hatte es ebenfalls und Hantsch war nicht klar, ob das bedeutete, dass es keinen Motor besaß. Soweit er wusste, gab es Hybriden mit beidem. Den verschnörkelten Namen des Bootes entzifferte er als *Sophie Amalie*.

Trotz der verhunzten Lettern gefiel Hantsch diese Jacht, altehrwürdig und gepflegt, am besten. Er konnte sie bloß nicht mit Katelbeck, seinen Geschäften und vor allem seiner Wohnungseinrichtung in Einklang bringen. Also sah er sich das letzte Boot in der Reihe an. Danach würde er auf dem zweiten Steg eine unübersichtliche Menge von Kandidatinnen finden, fürchtete er.

Mit *Circe* war die Jacht beschriftet, deren nadelspitzer Bug sich dem Steg entgegenstreckte. Sie war flacher und schmaler als die *Porta Capena*, dafür aber genauso strahlend weiß. Das konnte man selbst durch den allgegenwärtigen Schein der Stegbeleuchtungen erkennen, dessen Farbe Hantsch unangenehm an Rübenbrei erinnerte.

Die Windschutzscheibe der *Circe* bog sich aerodynamisch, die Seitenfenster der Kabine waren lang und zogen sich, schnittig spitz zulaufend, bis zum Ende durch. Oben auf der Kabine saßen eine Art Jetbag und ein spoilerförmiges Gebilde. Kein Mast, kein Segel, sagte sich Hantsch. Dieses Boot käme also auch infrage.

Dass dem Neugierigen hier mit Schildern nicht geholfen wurde, hatte Hantsch inzwischen verstanden. Unschlüssig wartete er auf eine Eingebung, überlegte, ob das alles wirklich notwendig war. Er könnte zu Jensen zurückgehen und behaupten, Katelbecks Boot sei nicht hier. Dann dachte er an seine tausendfünfhundert Euro, denen noch mehr Tausender folgen sollten.

Hantsch packte eine Haltestange und hievte das erste seiner langen Beine über die niedere Reling. Obwohl er sofort spürte, wie das Gefährt nachgab, und auswich, setzte er mit dem anderen Bein nach, kämpfte um das Gleichgewicht.

Schließlich lehnte er sich gegen die Außenwand der Kabine und stolperte daran entlang auf dem schmalen Weg zum Heck, wo sich der Einstieg befand. Dort hüpfte er mit eingezogenem Kopf hinunter, damit er sich nicht an der als Regenschutz vorgezogenen Dachkante stieß.

»Katelbeck?« Die Stimme kam von irgendwo seitlich aus dem Dunkel.

Hantschs Knie schlotterten sofort, als wären die Kniescheiben mit dem Herz zusammen durchgesackt. Trotzdem trat er auf der Stelle den Rückweg an. Beim Hochschwingen auf die Bootsseite fiel sein Blick auf eine leere Halterung für einen Feuerlöscher.

»Katelbeck? Bist du das?«

Die Stimme war ein Stück näher gekommen und während sich Hantsch zum Bug vorarbeitete, hörte er auch Schritte.

Er sprang auf den Weg und suchte das Weite, doch ein Mann schnitt ihm den Weg ab.

»Herr Katelbeck hat mich beauftragt, mal nach dem Rechten zu sehen«, sagte Hantsch eilig.

»Ach so? Wo steckt er denn? Ich bin extra hergekommen und warte schon seit heute Nachmittag auf ihn, weil er gestern nicht am Treffpunkt war.«

»Der musste dringend woanders was erledigen«, murmelte Hantsch.

»Ja, wo denn? Wir hatten eine Verabredung«, sagte der Mann. Dabei betrachtete er Hantsch gründlich.

»Tut mir leid, hat Herr Katelbeck mir nicht verraten.« Hantsch wollte das Gespräch möglichst schnell beenden, aber nicht unhöflich sein. Zudem versperrte ihm der Frager mit in die Hüften gestemmten Armen immer noch den Weg.

»Und wann kommt er wieder?«

Etwas unangenehm Lauerndes lag in der Stimme, fand Hantsch. Überhaupt wirkte der Mann mit seiner dunklen Montur und der Basecap, der fordernden Fragerei und seiner aggressiven Körperhaltung so, als schlage man besser einen großen Bogen um ihn.

»Morgen früh wollte er herkommen, hat er gesagt, da können Sie ihn treffen. Ich muss jetzt leider schon wieder los. Gute Nacht.«

Der Mann rückte dicht an Hantsch heran. Sein Atem roch nach Aschenbecher. »Dann sag ihm, das wär auch gesünder für ihn, verstanden?«

»Gut, mache ich. Gesundheit ist schließlich das Wichtigste, nicht wahr?«, sagte Hantsch, betont servil. Eine Fähigkeit, die er sich für den Umgang mit seinem Abteilungsleiter angeeignet hatte. Sie funktionierte bestens.

Aufreizend langsam gab der Mann den Weg frei.

*

»Madeleine und Sie, Sie kannten sich, nicht wahr?«

Jensen hob den Kopf, der neben die Kopfstütze abgesackt war. Er schmatzte, kratzte sich am Kinn und gähnte. »Wie kommst du darauf?«, knurrte er.

»Sie kannten ihren Vornamen und sagten, sie hätte genug Geld, deshalb.« Hantsch rieb sich die klammen Beine. Unangenehme Kühle breitete sich im Wagen aus und dabei war es erst kurz nach Mitternacht.

»Hab sie mal getroffen«, meinte Jensen.

»Weshalb? Ein ... Rendezvous?«

»Warum sollte ich?«, brummte Jensen. »Bin verheiratet.«

Hantsch richtete sich auf und beobachtete Jensen von der Seite, so gut es im Dunkeln ging. »Das glaube ich nicht«, murmelte er nach einer Weile. »Sie tragen keinen Ehering und außerdem habe ich den Zustand Ihrer Unterwäsche gesehen.«

Jensen wurde laut. »Was hat das damit zu tun?«

Hantsch zuckte die Schultern.

»Stimmt schon«, sagte Jensen nach ein paar Minuten überraschend friedfertig. »Ich bin nicht verheiratet, deshalb habe ich mich auch mit Madeleine getroffen.«

»Wollten Sie die etwa …?« Das konnte sich Hantsch beim besten Willen nicht vorstellen.

»Die betreibt 'ne Partnervermittlung, mit noch einem zusammen. Deshalb.«

»Ach? Und das hat funktioniert?«

»Na ja, sie hat mich eben ausgefragt und einen Wisch ausgefüllt. Aber da kam nix. Ich hab sie noch zwei Mal angerufen, aber die hatte keine für mich. Dann hat sie sich nicht mehr gemeldet.«

»Hieß die Partnervermittlung zufällig *Herzklopfen?*«

»Woher weißt du das?«

Hantsch wühlte in seiner Jackentasche, holte Katelbecks Visitenkarte raus und reichte sie Jensen.

»Was soll das?«

»Sehen Sie sich's mal an«, erwiderte Hantsch.

Jensen zückte ein Schlüsselbundlämpchen. »Verdammich«, knurrte er. »Saubande. Geschieht denen recht.«

»Ist das nicht ein bisschen hart?«

»Ich hab fünfhundert Euro Registrierungsgebühr bezahlt«, rief Jensen. »Und dann erzählt diese blöde Schnalle, sie hätten in ihrer Riesenkartei kein passendes Weibsstück für mich.«

»Ach, und die Gebühr …«

»Wird im Erfolgsfall von der Vermittlungsgebühr abgezogen, genau«, sagte Jensen wütend. »Deswegen haben die auch für mich keine gefunden. Die kassieren einfach für eine Stunde dämliches Gequatsche fünfhundert Eier und stecken die Hände in die Büxentasch.«

Hantsch behielt seine Zweifel an dieser Interpretation lieber für sich. »Ich hatte auch schon mal überlegt, ob ich … Dass man eine Registrierungsgebühr zahlen muss, wusste ich noch nicht.«

»Die haben gekriegt, was sie verdient haben. Das ist alles bloß Beschiss«, knurrte Jensen. »Such dir lieber selber eine.«

»Mir fehlt da meistens die passende Gelegenheit ...«

»Und wenn man mal Zeit hat, trifft man nur welche, die hinterm Geld her sind oder so 'nen Lackaffen wie den Katelbeck wollen«, sagte Jensen.

»Ich würde ja gerne überhaupt mal welche treffen«, murmelte Hantsch.

Darauf breitete sich Schweigen aus.

»Vielleicht kannst du mir die Nummer von Sonja geben«, raunte Hantsch nach einer Weile.

»Wieso?«

»Ach, nur so.«

»Blödsinn. Willst du etwa mit der ...«

»Nein, Unsinn, natürlich nicht. Ich dachte nur, weil sie noch Geld bekommt.«

Jensen lachte meckernd. »Eine blödere Ausrede konntest du dir wohl nicht einfallen lassen, was?«

»Das ist keine Ausrede. Wie kommen Sie darauf? Sonja bekommt von jedem von uns zweitausendfünfhundert Euro. Also bin ich ihr noch tausend schuldig. Da wäre es gut, wenn ich weiß, wie ich sie erreichen kann.«

»Ehrlich, deswegen?«, grunzte Jensen.

»Na klar, was sonst? Dann kommen da noch fünftausend von jedem von uns dazu. Da muss man sich doch anrufen können.«

»Du bist noch blöder, als ich dachte«, erwiderte Jensen, zog aber sein Telefon heraus. »Wenn du gesagt hättest, du willst mal einen Rollbraten poppen, das hätt ich ja noch verstanden.«

Er reichte Hantsch das Handy, auf dessen Display eine Telefonnummer sichtbar war.

Hantsch schluckte eine Erwiderung hinunter. Er verkrampfte beim Gedanken an den Rollbraten und dessen Verwendungsmöglichkeiten. Die Nummer übernahm er trotzdem in seinen Telefonspeicher.

Sie schwiegen wieder lange.

Nebel stieg vom Wasser auf und breitete sich in flusigen Schwaden über das Ufer. Hantsch verkroch sich in Träume, in denen er mit seinem Opel Diplomat auf den Oldtimertreffen Sheriff wurde.

»Was wollen Sie mit dem Geld machen, Petter?«, fragte er, nachdem die Kälte und der Realitätsbezug zurück in seine Wahrnehmung gefunden hatten.

»Erst mal scheiß ich meinem Scheff auf den Schreibtisch und dann versack ich, bis mir der Sprit aus den Ohren rauskommt …« Jensen wurde regelrecht lebhaft und fröhlich bei diesem Thema. Dadurch angeregt bedachte Hantsch, ob ihm solch eine unhygienische Form der Kündigung gegenüber seinem Chef gelingen könnte. Es wäre ihm sehr peinlich, wenn er dabei pupsen müsste. Und beim Abwischen wollte er doch lieber niemanden zuschauen lassen. Jensens weitere Zukunftspläne entgingen durch diese Überlegungen seiner Aufmerksamkeit.

»Sollen wir nicht mal los?«, fragte Hantsch gähnend. »Mir ist kalt und ich bin müde.«

»Halbe Stunde noch, da pennen sicher alle«, sagte Jensen mit Blick auf die Uhr. »Dann sind wir um halb drei an Katelbecks Boot. Du kannst dir eine der Decken von hinten holen. Wird dem Dicken nix ausmachen, wenn wir ihn in einer gebrauchten abtransportieren.«

Daran mochte Hantsch überhaupt noch nicht denken. Jensen schaltete die Innenbeleuchtung von *automatisch* auf *aus* und Hantsch ging eine der Decken holen, von denen sie einen Stapel aus Katelbecks Wohnung zum Leichentransport mitgenommen hatten. Dabei fand er die Fetzen von Madeleines Kleidern und ihre Handtasche. Er stopfte alles in eine schmutzige, alte Plastiktüte und nahm sie mit nach vorne.

»Madeleines Anziehsachen lagen noch hinten. Ich dachte, wir könnten sie einfach mitnehmen und auf dem Boot bei ihrem anderen Kram lassen. Hast du ihre Pistole noch? Die müssen wir auch loswerden. Sie sollte nicht zufällig bei uns gefunden werden. Das wäre gar nicht gut ...«

»Handschuhfach«, sagte Jensen.

Dort fand Hantsch auch die Pistole von Herrn Kirchner. Er wischte beide Waffen ab und packte sie in die Tüte. Ob Jensen es merkte, wusste er nicht, aber es war ihm egal. Hauptsache, er sorgte dafür, dass die Pistolen Jensen nicht in Versuchung führten. Jensen war und blieb ein halbseidener und ungehobelter Sonderling. Ob er auch harmlos war, wusste Hantsch nicht sicher.

Nachdem er sich in die Decke eingewickelt hatte, wurde ihm zwar nicht signifikant wärmer, dafür knurrte sein Magen umso lauter.

»Ich habe fürchterlichen Hunger«, flüsterte er.

Jensen regte sich, kramte herum, knisterte.

»Hier, kannste haben.« Eine Tüte landete auf Hantschs Schoß. Er fühlte etwas Festes, Längliches darin, das sich als belegtes Baguettebrötchen entpuppte.

»Wie alt ist das schon?«, fragte er vorsichtig.

»Ist noch frisch. Erst neulich gekauft.«

»Was ist denn drauf?«

»Mann, beiß ab, wenn du's wissen willst.«

Was zwischen den Hälften heraushing, fühlte sich nach eingetrocknetem Käse oder Wurst und Salatblatt an. Hantsch schob es zwischen die Zähne.

Beim geringsten Druck quoll nach allen Seiten schwammiger Inhalt heraus. Es schmeckte säuerlich nach verdorbener Mayonnaise. Sofort warf Hantsch das Brötchen in die Tüte zurück und spie alles, was er schon im Mund hatte, hinterher.

»Nix für deine Schmacht?«

»Ich bin kein Aasfresser«, stöhnte Hantsch. Der Geschmack, den er sich eingehandelt hatte, war abscheulich.

»Du stellst dich vielleicht an. Letzte Woche war's noch frisch«, brummte Jensen beiläufig.

Statt Hunger verspürte Hantsch nun Ekel. Der Umstand, dass er im Dunkeln nicht sehen konnte, wie das Brötchen aussah, befeuerte seine Fantasie nicht gerade vorteilhaft. Die Tüte fand ihren Platz bei den Waffen und Madeleines Kleidungsresten.

»Komm, gehen wir. Mal sehen, was da zu holen ist«, sagte Jensen.

Sie stiegen aus und während Jensen im Laderaum nach Werkzeug kramte, spuckte Hantsch den Boden voll.

Als Jensen wieder auftauchte, trug er ein Brecheisen und eine große Zange in den Händen, die rote Arbeitsjacke hatte er gegen den dunklen Anorak getauscht.

»Können wir gehen, wenn du dich ausgeschleimt hast?«, fragte er.

Hantsch verzichtete auf eine Erwiderung, sondern setzte sich einfach in Bewegung. Schlimmer konnte es schließlich kaum noch werden.

Der Nebel war inzwischen bis zu den Mastspitzen der kleineren Segelboote emporgequollen, eingefärbt wie gelbliche Watte durch die Hafenbeleuchtung. Nichts regte sich auf ihrem Weg.

Am Jachtklub brannte nur noch eine Außenleuchte. Bis

auf gelegentliches Schwappen des Wassers an den Bootsanlegern war es erschreckend still.

»Das ist ideal«, flüsterte Jensen. »Alle pennen und sehen kann man auch nicht viel. Wo liegt der Kahn?«

Hantsch zeigte auf den ersten Steg.

»Da, ganz am äußersten Ende.«

Sie betraten den Steg und schon offenbarte sich der Nachteil der Stille: Selbst die vorsichtigsten Schritte erzeugten ein hallendes Geräusch.

Diesmal war das Gatter verschlossen und stellte so für Hantschs lange Beine kein besonderes Problem mehr dar. Jensen hatte erheblich mehr Mühe. Deswegen rollte er seinen Oberkörper darüber. Die Zange löste sich aus seiner Anoraktasche und klöterte auf den Bohlenbelag.

Erschrocken kauerten sie sich zu einem der Anlegepfähle und lauschten reglos, ob sich eine Reaktion zeigte.

Mehrere Minuten verharrten sie so, bevor sich Hantsch erhob. Er winkte Jensen, dass der folgen solle, und schlich, jeden Schritt mit Bedacht setzend, zur *Circe*.

Als er die *Porta Capena* passierte, hielt er gründlich schnuppernd Ausschau, aber von dem zweifelhaften Menschen, der auf Katelbeck wartete, war weder was zu riechen noch zu sehen.

Die flache *Circe*, die so schwer zugänglich war, weil sie eigentlich mit dem falschen Ende zum Steg lag, stellte eine weitere Hürde auf ihrem Weg dar. Hantsch hievte sich an Bord, hielt sich gut fest und ließ sich von Jensen das Werkzeug anreichen. Dies erforderte einiges an Getuschel, denn der Gnom wollte die Dinge zunächst nicht aus der Hand geben. Er gab dann doch noch nach und Hantsch hangelte sich zum Heck vor die Kabinentür. Kurz danach hatte auch Jensen den Weg bewältigt.

Mit der kleinen Leuchte untersuchte Jensen Tür und Schloss. »Stabil«, flüsterte er.

Hantsch zog sich so weit wie möglich zurück und beobachtete die Umgebung, während Jensen das Brecheisen ansetzte. Das Boot wackelte und knirschte bei dem Hebelversuch. Es wurde zu laut und Jensen setzte neu an.

»Warte mal«, flüsterte Hantsch. Ihm war, als habe er etwas gehört. Er spähte angestrengt in den Dunst, der seine Haare durchfeuchtete.

Neben ihm knirschte es wieder.

»Warte, das klingt wie ...«

»Ich hab's gleich auf«, raunte Jensen.

»Keinen Krach jetzt. Ich glaube, da ist jemand.«

Trotzdem kratzte Jensen mit dem Brecheisen.

»Hören Sie auf, da kommt jemand«, zischte Hantsch.

Jensen ließ endlich ab und spähte mit. Eine dunkle Gestalt schälte sich allmählich aus dem Nebel. Sie bewegte sich langsam und vorsichtig, was daran liegen mochte, dass sie ein längliches Bündel auf der Schulter trug. Hantsch und Jensen duckten sich in den Schatten der Aufbauten, als die Gestalt die *Porta Capena* passierte und auf die *Circe* zukam.

Sie trug nicht nur das schwer aussehende Bündel, sondern unter dem linken Arm auch noch einen Karton.

»Der Löscher«, hauchte Hantsch.

Die Gestalt blieb vor der *Circe* stehen, setzte sehr mühsam den Karton ab und schob sich danach das längliche Bündel auf der Schulter zurecht, begleitet von Schnaufen und Ächzen. Dann klammerte sie sich an einen Anlegepfahl und versuchte einen unsicheren Schritt über die Reling an Bord. Das Boot schaukelte schwerfällig.

Jensen forderte Hantsch mit einem Stoß in die Rippen und einer Kopfbewegung zum Abhauen auf. Während die

Gestalt sich auf der linken Seite mit ihrer Last mühte, sprangen Hantsch und Jensen auf der rechten Seite zum Steg.

Das Boot schwankte und zerrte an seiner Vertäuung.

Ein gedämpfter Schrei ertönte.

Gerade als Hantsch auf dem Steg landete, konnte er erkennen, wie die Gestalt um das Gleichgewicht rang. Sie ließ das Bündel los, das gegen die Kabinenwand knallte, sich aufblätterte und platschend ins Wasser stürzte. Die Gestalt klammerte sich in letzter Sekunde an der Reling fest und drehte sich zu ihnen um.

»Hiergeblieben«, krächzte sie atemlos.

Jensen dachte nicht daran. Er schleuderte das Brecheisen, das er noch in der Hand trug, ins Wasser, schnappte sich den Löscher und rannte los.

Die Gestalt wollte zurück auf den Steg. Sie setzte ein Bein aufs Holz und griff nach dem Pfahl. Hantsch, der noch zauderte, begriff, dass die Begegnung unvorteilhaft für ihn werden könnte. Er schwang sein langes Bein und fuhr damit der Gestalt in die Parade, während sie den zweiten Fuß an Land bringen wollte.

Ein zweifacher Schmerzensschrei, gefolgt von Platschen, begleitete den Sturz des Fremden, der zwischen den Bordwänden ins Hafenbecken fiel.

Hantsch riskierte noch einen kurzen Blick aufs Wasser, in dem neben dem zappelnden Menschen ein heller Teppich trieb, bevor er sich klarmachte, dass er jetzt verschwinden musste.

Er hastete Jensen hinterher. Besonders schnell konnte er nicht, denn sein Schienbein schmerzte fürchterlich.

Jensen war schon kurz vor dem Gatter angekommen, als er seinen Kurs abrupt änderte und aus Hantschs Blickfeld verschwand.

Nachdem Hantsch ein Stückchen weitergekommen war, hörte er, dass Menschen zum Steg gerannt kamen. Er würde ihnen direkt in die Arme laufen.

Einen Augenblick dachte er, er müsse zurückhumpeln, dann wurde ihm klar, wohin Jensen verschwunden war. Also sprang er ebenfalls zwischen zwei Anlegepfähle, ging in die Knie und ließ sich vorsichtig ins Wasser gleiten. Es fühlte sich sehr kalt an, aber wenigstens konnte er stehen. Das Wasser reichte ihm bloß bis zur Brust. Unter ein paar Bootsleinen hindurch watete er zwischen die Pfostenreihen, auf denen der Steg ruhte.

Die Tüte mit den Waffen und dem anderen Kram, die er immer noch krampfhaft umklammert hielt, füllte sich dabei mit Wasser und zog schwer an seinem Arm. Er ließ sie los und sie versank sofort.

Über ihm trappelten schnelle Schritte, Stimmen erklangen und trotz des Schlicks bereitete ihm das Vorwärtskommen wenig Mühe.

Ein Stück weiter vor ihm watete Jensen, was er im tiefen Schatten des Stegs nur an den Reflexionen der bewegten Wasseroberfläche erkennen konnte.

An der Stelle, wo die Bohlen über Hantschs Kopf zu tief hingen, wartete Jensen auf ihn. Vom äußersten Ende des Stegs hörten sie Rufe, irgendwas schepperte, Wasser platschte.

»Jetzt weg«, sagte Jensen keuchend.

Er tauchte unter dem Steg heraus und hastete geduckt den Strand entlang. Hantsch folgte ihm, so weit, bis die Sandfläche zu einem unscheinbaren Streifen geschrumpft war. Dort kauerte Jensen sich hin. Er drehte den Kopf in alle Richtungen, lauschte, keuchte und schniefte.

»Wollen Sie nicht zum Auto?«, fragte Hantsch leise, sobald er genügend Puste zum Sprechen fand.

»Doch. Hier schräg rüber.« Jensen deutete landeinwärts, nah an den Hallen des Jachtklubs vorbei.

Ein paar Lichter waren dort aufgeflammt und vom Weg, der von da zu den Booten führte, hörte man Schritte und Stimmen. Bei der *Circe* herrschte ebenfalls allerhand Aufruhr, der durch den Nebel zu ihnen herüberschallte.

»Ziehen wir Leine«, meinte Jensen.

Sie huschten über den Strandweg, der den Tonnenhafen mit Wittdün verband, und hielten sich hart an der Hecke, die das Gelände des Jachtklubs vom Acker, über den sie stolperten, abgrenzte.

Hinter den Bootshallen gab es kaum noch Deckung und auch der Nebel zeigte sich weniger dicht als über dem Wasser oder in Ufernähe.

Hantsch glaubte schon, dass er den roten Caddy sehen könnte.

»Vorsicht«, zischte Jensen, der offenbar die schärferen Augen hatte, denn unmittelbar darauf schoss ein Polizeiwagen mit Blaulicht aus dem Waldstück, das die Inselhauptstraße vom Hafen abschirmte und von der Zufahrtsstraße durchschnitten wurde.

Jensen warf sich zu Boden, dabei zog er Hantsch mit.

»Lass die vorbeifahren, danach können wir rüber zu meiner Kiste. Hier gibt es nur drei Polizisten, da kommt nicht mehr nach.«

Nachdem der Polizeiwagen hinter den Bootshallen verschwunden war, sprang Jensen auf und wollte weiter.

»Los, mach schon«, knurrte er Hantsch an, der sich sehr viel mühsamer aufrappelte.

»Mein Bein«, stöhnte Hantsch. »Ich kann nicht mehr so schnell.«

»Was hast du jetzt wieder mit deinem blöden Been?«

»Ich habe den Menschen, der unseren Löscher hatte, damit aufgehalten. Also bedanken Sie sich lieber bei mir.«

Jensen grunzte unwillig.

In diesem Moment kam ein zweiter Polizeiwagen die Straße entlang. Er war zwar nicht blau-weiß und beschriftet, trug aber ein Blaulicht auf dem Dach.

»Schiet«, fauchte Jensen, während er wieder auf den Boden sank. »Zivilbullen. Wieso denn das?«

Als dieser Wagen vorbeigerollt war, verhielt sich Jensen etwas bescheidener. Er wartete geduldig, bis sich Hantsch erhoben hatte, und führte ihn in gemächlichem Tempo bis zu der Stelle, an der sie sich direkt gegenüber dem Weg befanden, der hier von der Hafenzufahrt abzweigte, und wo der Caddy im Schutz des Waldsaums parkte.

Die fünfzig Meter bis zur Straße, die sie überqueren mussten, sowie der kurze Lauf über den Asphalt brachten Hantsch an den Rand eines Kollapses. Er zitterte vor Kälte, Angst und Erschöpfung und fürchtete, dass er nicht mehr lange die Kontrolle über sich und seinen Körper besaß.

Jensen ging es sicherlich auch nicht viel besser. Er sprach kein Wort, klapperte stattdessen mit den Zähnen.

Sie erreichten den Caddy ohne weitere Zwischenfälle. Jensen öffnete den Laderaum, schälte sich aus den nassen Kleidern und zog eine rote Latzhose und eine rote Arbeitsjacke an, die er dort aufbewahrte.

Hantsch zögerte, er hatte keine Wechselkleidung dabei, sah aber schnell ein, dass auch er aus den nassen Klamotten herausmusste. Er behielt nur die Unterhose an und wickelte sich in eine bunte, kolumbianische Baumwolldecke aus Katelbecks Wohnung.

Den Löscher nahm Jensen aus dem durchgeweichten Karton und steckte ihn ins Regal zu den anderen.

Schließlich saßen sie im Führerhaus und waren bereit zum Abfahren.

Am Hafen waren nun mehrere lichtstarke Scheinwerfer in Betrieb. »Was machen die bloß da?«, fragte Jensen.

»Die haben Katelbeck gefunden«, flüsterte Hantsch.

»Wieso?«

Hantsch musste sich räuspern, beim bloßen Gedanken an den Teppich hatte er einen Kloß im Hals. »Der mit dem Löscher hatte Katelbeck dabei. Diese Rolle, da war er drin.«

»Woher willst du das wissen?«

»Dieser kleine Berber stammt aus seiner Wohnung …«

Wie zur Bestätigung fuhr ein Rettungswagen zum Hafen.

»Schiet«, knurrte Jensen. »Das ist ein Betrieb wie auf der Reeperbahn. Da fahren wir besser nicht lang.«

Ohne Licht drehte Jensen den Caddy und schlich den asphaltierten Weg weiter, von der Zufahrtsstraße weg. Sie passierten einige schemenhafte Gebilde, deren Zweck sich Hantsch nicht erschloss.

»Ist die Kläranlage«, sagte Jensen. »Wenn wir Glück haben, geht es hier weiter.«

Der Weg führte tatsächlich weiter, allerdings wechselte die befestigte Fahrbahn in einen ausgefahrenen, teilweise grasbewachsenen Wirtschaftsweg. Der Untergrund erwies sich als extrem lichtschluckend, was die Sicht ohne Scheinwerfer erheblich erschwerte. Jensen fuhr höchstens noch Schritttempo, fluchte vor sich hin, dass er nicht bremsen dürfe, weil die roten Bremslichter weit zu sehen seien, und wenn sie stecken blieben, seien sie geliefert.

Auf der rechten Seite begrenzte ein Viehzaun den Weg, links sah es nach einem morastigen Graben aus. Ihr Glück war es, dass der Weg fast nur schnurgerade verlief, wenn auch getrübt durch viel freies Feld, das eine nahezu unverstellte Sicht auf den Hafen bot, wovon sich Jensen immer wieder überzeugte.

Hinter einer Biegung an einem Viehgatter stießen sie auf einen quer verlaufenden, asphaltierten Fahrweg. Dahinter lag Wald.

Jensen bog ohne Zögern nach links ein, erhöhte das Tempo und wählte an weiteren Abzweigungen immer die Richtung aus, bis sich zwischen ihnen und dem Tonnenhafen dichter Wald erstreckte. Jensen atmete auf, schaltete die Scheinwerfer ein und beschleunigte.

Die Heizung lief inzwischen auf vollen Touren, trotzdem bibberten sie beide immer noch vor sich hin.

Am nächsten Abzweig zögerte Jensen, bevor er sich für den Weg entschied, der weiter am Waldrand entlangführte. Rechts blieben die Bäume zurück, das Sträßchen führte schließlich über freies Feld bis zu einer quer laufenden, zweispurigen Straße.

»Das ist der Stianoodswai«, sagte Jensen und klang schon wieder recht aufgeweckt.

Hantschs Orientierungssinn kehrte zurück, weil er diese Straße, die von Süddorf nach Steenodde führte, schon einmal entlangspaziert war.

»Sollen wir wirklich noch die beiden aus den Dünen wegholen? Ich bin schlagskaputt«, meinte Hantsch. Er spürte, wie es in seiner Nase kribbelte, ein Niesen bahnte sich an.

»Besser ist das«, erwiderte Jensen. »Es ist erst kurz vor drei und dann haben wir's hinter uns. Je länger die da rumliegen, desto größer ist die Gefahr, dass jemand drüber stolpert.«

Hantsch seufzte ergeben. Jensen hatte ja recht, je eher sie diese widerwärtige Aufgabe erledigten, umso schneller konnten sie sich dem Verkauf der Ware widmen. Inzwischen hegte er das Gefühl, es handele sich dabei um eine verdiente

Belohnung für die Strapazen, denen er sich aussetzen musste. Von Urlaub oder Erholung konnte kaum noch die Rede sein.

Es dauerte nicht lange, da erreichten sie Nebel und bogen in den Strunwai ein. Bis dahin war ihnen genau ein Wagen auf der Inselstraße begegnet und Hantsch fühlte sich so sicher, wie es in dieser Lage möglich war.

»Wo muss ich halten?« Jensen hielt angestrengt Ausschau nach einer Orientierung.

»Da vorne, da gibt es eine Lücke zwischen den Bäumen. Ich glaube, da sollten wir stoppen.«

Jensen parkte den Caddy rechts auf dem Bankett.

»Haben Sie nicht noch irgendwas zum Anziehen für mich?«, fragte Hantsch, den der Gedanke, nur in Unterhose draußen herumzulaufen, gehörig schreckte.

»Warum? Deine wunderschöne Unterwäsche kannst du doch zeigen«, meinte Jensen und kicherte.

»Ich friere, und das ist nicht lustig«, fauchte Hantsch. Es ärgerte ihn, dass Jensen keine Gelegenheit für Frechheiten ausließ. »Haben Sie nun was oder nicht?«

»Keine Ahnung. Sieh mal hinten nach. Da findest du bestimmt noch ein paar olle Lappen. Kannst dich einwickeln wie Tarzan«, meinte Jensen und kicherte wieder los.

Im Laderaum entdeckte Hantsch, in eine Ecke geknüllt, einen alten Arbeitskittel, der aussah, als wäre er schon ein paar Jahre als Schmutzlappen für besonders hartnäckige Fälle zu Diensten gewesen. Besser als nichts, sagte er sich, obwohl der Stoff sich steif und fettig auf der Haut anfühlte.

Sie stiefelten mit der Kolumbiendecke durchs Unterholz zu dem Gehweg und kamen nahe bei der Bank, auf der sie gesessen hatten, heraus.

Hier erwartete sie allerdings eine Überraschung. Um die

Bank und die Stelle, an der sie in die Dünen gestiegen waren, spannte sich großflächig eine Polizeiabsperrung. Die Enden des rot-weißen Bands verschwanden irgendwo in der Dunkelheit, was den Verdacht nahelegte, dass die Stelle, zu der sie strebten, nicht mehr zugänglich war.

»Zum Düwel«, zischte Jensen, »los, nix wie weg!« Er warf die Decke ins Gebüsch, machte sofort kehrt und hastete zum Wagen zurück. Hantsch eilte hinterher, denn er befürchtete, dass Jensen ohne ihn losfahren könnte.

»Was soll das bedeuten?«, fragte er, als sie hechelnd im Wagen saßen.

»Die haben die Drecksäcke gefunden, zum Dunnerweer«, fauchte Jensen. Er prügelte einen Gang rein, dass es knirschte und brauste los.

Sie mussten bis zum Parkplatz am Strandlokal hinunterfahren, weil es vorher keine Möglichkeit zum Wenden gab. Ziemlich einsam stand dort immer noch der graue VW Schavan.

»Ich kann nichts dafür«, erklärte Hantsch nach den Minuten, die er für das Überdenken der neuen Lage brauchte. »Aber was heißt das jetzt für uns? Wir wollten die loswerden und jetzt sind wir sie los.«

»Was das heißt?«, rief Jensen. »Das heißt, dass uns die Bullen auf die Pelle rücken. Kannst du dich an den Arsch mit dem Köter erinnern? In der Kneipe sind wir auch aufgefallen. Verdammter Schiet!« Er schlug mit der Faust aufs Lenkrad.

»Was sollen wir jetzt machen?«, fragte Hantsch.

»Uns eine verdammt gute Geschichte ausdenken. Kannst du das?«

*

»Dirk, du musst mal rausfahren zum Strunwai. Eben hat Herbert Wockenfuß angerufen und gesagt, dass da zwei Leichen in den Dünen liegen.«

»Was?« Dirk Kleine unterbrach seine Reinigungsarbeit an der Windschutzscheibe des Polizeiwagens und starrte seinen Kollegen an.

»Ja, ich weiß auch nicht, was ich davon halten soll. Wockenfuß hat ziemlich wirr geredet. Ich habe ihm gesagt, er soll an der Straße auf den Streifenwagen warten.«

»Es vergeht doch keine Woche, in der Wockenfuß nicht dreimal anruft und irgendwas angeblich Wichtiges melden will. Wirr redet der sowieso immer. Mann, geht der mir auf den Sack.« Kleine wischte noch heftiger auf der Scheibe herum.

»Fahrt trotzdem hin und seht's euch an. Irgendwie habe ich den Eindruck, diesmal ist wirklich was dran.«

Kleine stöhnte und pfefferte den Fliegenschwamm in den Wassereimer. »Soll ich auf Michi warten? Der musste mal flott zur Apotheke.«

»Was denn? Schon wieder seine Migräne?«

Kleine zuckte die Schultern. Bruns, der stellvertretende Dienststellenleiter, verzog das Gesicht. »Hau schon mal ab und sieh nach. Ich schicke Michi hinterher, wenn er zurückkommt.«

Der Mann mit dem Spitz winkte aufgeregt mit beiden Armen. Kleine fuhr rechts ran, setzte seine Dienstmütze auf und stieg aus.

»Moin, Dirk«, rief der Mann, zeigte hinter sich und der Spitz bellte dazu. »Da liegen zwei und ich habe den einen gestern Abend gesehen. Streiter, aus!«

»Moin, Herbert. Wo genau? Zeig mir das bitte.«

»Drüben, über den Weg und dann noch ein Stück. Jetzt ist's aber genug, Streiter, gib endlich Ruhe!«

Wockenfuß hastete durch Gesträuch zum Fußweg, dann erklomm er die Böschung zu den Dünen. Stirnrunzelnd folgte ihm Kleine.

»Was hast du hier gemacht, Herbert? Du weißt doch sicher, dass das Verlassen der ausgewiesenen Wege verboten ist.«

»Ja, sicher, aber Streiter war mir weggelaufen. Ich habe gerufen und gerufen, aber er kam nicht. Hat nur gebellt wie verrückt.« Wockenfuß keuchte ob des unebenen Wegs und der Notwendigkeit, Atemluft fürs Reden abzuzweigen. »Außerdem habe ich gedacht, falls da wieder einer von den Hippies Müll aufstapelt, muss das weg, bevor die Verwaltung noch mehr Sehenswürdigkeiten draus macht.«

Kleine schwieg dazu, damit würde er sich befassen, sobald die Sache mit dem angeblichen Leichenfund geklärt wäre. Endlich eine willkommene Gelegenheit, diesen Dauerquerulanten in seine Schranken zu weisen. Die würde er sich nicht entgehen lassen.

Sie überquerten eine offene, von Bewuchs gesäumte Fläche.

»Da liegen sie.« Wockenfuß deutete in eine Senke.

Kleine erschrak. Tatsächlich, zwei Körper, dicht beieinander und teils im Gestrüpp steckend.

»Halt, nicht weiter.« Er musste Wockenfuß bremsen, der dorthin wollte. »Bleib hier und lass den Hund unbedingt an der Leine.«

»Ich war Rettungssanitäter«, sagte Wockenfuß leicht indigniert.

»Es geht um die Spuren«, erwiderte Kleine. Während er vorsichtig, mit Blick zum Boden, um keine wertvollen Hinweise zu zerstören, zu den Körpern trat, zog er sein Telefon.

Noch während er es entsperrte, klingelte es. »Wo bist du? Ich steh beim Streifenwagen.«

»Zum Fußweg und rechts neben der Bank in die Dünen. Du siehst die Spur. Warte Michi …« Kleine kniete sich neben die Körper, suchte und fühlte den Puls bei beiden Männern. »Zwei Leichen. Sag Lothar Bescheid, er soll die Luftrettung rufen. Die Kripo auch. Und dann komm und bring Absperrband mit.« Er richtete sich auf und sah sich seufzend um. Der Sandboden war ziemlich zertrampelt und er vermutete, dass es die Kriminaltechniker mit der Spurensicherung nicht leicht haben würden.

»Und? Die sind hin, stimmt's? Ich hab's gleich überprüft«, rief Wockenfuß.

Kleine seufzte noch mal. Das hatte er sich schon gedacht. Es würde ihn nicht wundern, wenn die Kollegen ihm nachher Vorhaltungen machen würden, von wegen Sicherung des Tatorts und so. Außerdem sah es nach Regen aus und sie hatten nichts, womit sie den Tatort schützen konnten.

Der Spitz stimmte ein wüstes Gebell an.

»Dirk? Wo soll ich absperren?« Michi stand mit der Rolle Band neben Wockenfuß, dessen Spitz ihn anknurrte.

Kleine stiefelte den Hang hinauf. »Am besten alles, bis zum Weg. Komm mit, Herbert, ich habe ein paar Fragen an dich. Und bring bitte deinen Hund zum Schweigen. Ich möchte nicht auch noch Migräne bekommen, denn das wäre Behinderung der Polizeiarbeit.«

*

Hantsch wurde wach, weil jemand an die Tür pochte und seinen Namen rief.

»Was gibt's?«, krächzte er mit belegter Stimme.

»Kriminalpolizei. Wir müssen Sie sprechen.«

»Moment.« Hantsch setzte sich auf, bekämpfte den Schwindel, der ihn befiel, und sah auf die Uhr. Es war kurz nach zehn.

Er drehte sich zu Jensen, der die Decke über den Kopf gezogen hatte, schmatzte und schnarchte. »Wachen Sie auf, Petter, die Kripo ist jetzt da. Reißen Sie sich zusammen und kein dummes Geschwafel, klar?« Er rüttelte an Jensens Schulter.

»Aufmachen, Herr Hantsch.« Es pochte wieder.

»Ja, ja, Sie haben mich geweckt und ich muss erst zu mir kommen.« Stöhnend erhob er sich. Jeder Muskel schmerzte. Langsam schlurfte Hantsch zur Tür und öffnete. Vor ihm standen ein Mann in Lederjacke und eine Frau in Jeansjacke. Beide klappten eine Marke aus einem Etui.

»Kriminalhauptkommissar Triller und Kriminalassistentin Geiger. Sind Sie Herr Torsten Hantsch?«, fragte der übernächtigt aussehende, dunkel gelockte Mann.

»Ja, ich glaube schon«, erwiderte Hantsch mit Reibeisenstimme. »Was gibt's denn?«

»Wir haben ein paar Fragen an Sie.«

»Wieso an mich? Worum geht es überhaupt?«

»Das möchten wir Ihnen in Ruhe erklären. Können wir hereinkommen?«

»Kann ich mich erst anziehen und eine Tasse Kaffee trinken? Ich bin völlig verschlafen.«

Die beiden Kriminaler sahen sich kurz an. Triller zuckte mit den Schultern. »Gut, könnte ich auch gebrauchen …«

»Kaffee? Ich auch«, rief Jensen aus dem Hintergrund.

»Wer ist das?«, fragte Triller, wobei er an Hantsch vorbeispähte. »Etwa Herr Petter Jensen?«

»Ich denke doch, wenn er sich nicht über Nacht in Til

Schweiger verwandelt hat«, erwiderte Hantsch in bemüht lässigem Ton, obwohl sich sein Puls stetig beschleunigte.

»Das vereinfacht die Sache«, meinte Triller. »Können Sie in zwanzig Minuten unten im Restaurant sein? Sie und Herr Jensen oder Schweiger? Wir warten dort.«

»Ja, aber ist das nicht noch geschlossen?«, fragte Hantsch.

»Wir können es außer der Reihe benutzen«, sagte Geiger. Ihre Stimme klang warm und dunkel, nach Zigaretten und Feuerzeug. In Hantsch vibrierten Nervenbahnen wie Gitarrensaiten beim Flamenco.

»Ja, dann …«, murmelte er.

Die Beamten nickten und wendeten sich zum Gehen. »In zwanzig Minuten, nicht vergessen«, sagte Triller über die Schulter.

Hantsch krächzte einen Ton, der entfernte Ähnlichkeit mit einem Ja hatte. Er sah den Polizisten nach, wie sie den Flur hinab zur Treppe schlenderten.

Nachdem er die Tür geschlossen hatte, eilte Hantsch zum Fenster und schob den Vorhang beiseite.

Auf der Straße vor dem Hotel stand ein verkehrswidrig geparkter Wagen, an dem ein Mann lehnte und rauchte.

»Dachte ich's mir doch«, murmelte Hantsch. »Aber Abhauen hätte sowieso keinen Zweck.«

Als sie die Treppe hinunterstiegen, bemerkte Hantsch, dass die Kriminalassistentin Geiger Wache hielt. Sie erhob sich aus dem Sessel, von dem aus sie die Treppe mit dem Nachteingang und den Empfang im Auge behalten konnte, und führte sie in den Gastraum zum Tisch, an dem Triller hinter einer Tasse Kaffee und einem Handy hockte.

Weil Hantsch aufmerksam blieb, entging ihm nicht, dass Geiger und Triller sich mit Blicken verständigten.

Geiger nahm Jensen wieder mit hinaus, während Triller Hantsch zum Platznehmen aufforderte. Hantsch atmete erleichtert auf, denn er befürchtete schon, dass er den braunen Augen der Kriminalassistentin erliegen könnte.

»Zunächst möchte ich gerne Ihren Personalausweis sehen«, meinte Triller beiläufig.

Hantsch kramte seine Brieftasche heraus und reichte Triller seinen Ausweis.

»Steffen!«, rief Triller so laut und überraschend, dass Hantsch der Schreck in die Glieder fuhr.

Die Tür zur Küche öffnete sich und ein junger, hellhaariger Mann in Jeans und Sakko kam kauend heraus.

»Hier, mach mal, Vera hat auch noch einen. Und sag denen Bescheid, dass wir mehr Kaffee brauchen.«

Der Mann nickte und kaute dabei so hastig, dass er mühsam nach Luft schnappen musste. Kurz steckte er den Kopf zurück durch die Pendeltüren mit dem runden Glasausschnitt, rief etwas, dann verließ er den Raum.

»Warum machen Sie das mit meinem Ausweis?«, fragte Hantsch. »Ich brauche den wieder.«

»Ist Routine, das muss sein«, brummte Triller, ohne den Blick vom Display des Handys zu heben.

Eine Bedienung brachte ein Tablett mit Kanne und Tassen.

»Für die draußen auch«, meinte Triller. Er bedankte sich nicht.

Selbst Hantsch war dafür zu nervös. Er spürte, dass der Polizist ihm nun seine ganze Aufmerksamkeit schenkte.

Triller räusperte sich. »Sie sind im Urlaub hier, richtig? Seit wann?«

»Seit dem Achtzehnten. Übermorgen muss ich nach Hause.« Hantschs Zunge sträubte sich mit Trockenheit gegen die Benutzung.

»Sie kommen öfters her, ist das richtig?«

»Genau, seit sechs Jahren regelmäßig.«

»Sind Sie selbstständig?«

»Seit meine Mutter verstorben ist …«, murmelte Hantsch.

»Und was machen Sie seitdem?«

»Ich muss den Haushalt eben alleine führen. Eingekauft habe ich ja schon länger, weil meine Mutter nicht mehr gut zu Fuß war. Aber dann musste ich selbst waschen und bügeln …«

Triller zog die Brauen zusammen. »Ich meine beruflich.«

»Ach so. Das hatte ich missverstanden.« Hantsch führte seine Tasse zum Mund, wobei er stark zitterte. Etwas Kaffee schwappte über und tropfte aufs Tischtuch.

»Sind Sie nervös?«, fragte Triller. »Wieso?«

»Ich weiß nicht, warum Sie mich all das fragen. Was wollen Sie eigentlich von mir?«

»Wir haben da eine Sache, bei der Sie uns hoffentlich helfen können.«

»Gerne, ich werde es zumindest versuchen.« Das kam nur mit besonderer Mühe über Hantschs Lippen.

»Schön, dann fangen Sie mal damit an, dass Sie mir erzählen, was Sie beruflich machen.«

»Ich bin Angestellter der Kurverwaltung von Bad Gruntz.« Unwillkürlich straffte sich Hantsch bei dieser Auskunft.

»Aha. Wo liegt das? Das klingt ziemlich ländlich.«

»Im Harz. Viel ländlicher als Schleswig-Holstein ist das auch nicht. Wir haben immerhin über zweitausend Einwohner.«

Ein Grinsen kräuselte Trillers Mund. »Na gut, dann ist der Ort nicht ganz entvölkert, wenn Sie in Urlaub fahren. Woher kennen Sie Herrn Jensen?«

»Durch den Wehrdienst.«

»Aha, waren Sie zusammen stationiert?«

»Nein, nein, ich war in Lüneburg und Herr Jensen in Husum. Wir haben uns mal in Hamburg am Bahnhof Dammtor getroffen. Hatten beide den letzten Zug verpasst. Daher kennen wir uns.«

»Haben Sie Herrn Jensen öfter mal besucht?«

Langsam entspannte sich Hantsch wieder, das Gespräch erschien ihm doch recht harmlos. Er hegte Hoffnung, dass es vielleicht glimpflich verlaufen könnte.

»Nein, ich habe ihn vorgestern hier zufällig getroffen.«

»Und dann sind Sie zusammen losgezogen?«

»Ja, wir hatten uns was zu erzählen. Wieso?«

»Und woher kannten Sie Herrn Wigbert Werner?« Triller hatte sich bei der Frage etwas vorgebeugt und starrte Hantsch gespannt an.

Kurzfristig geriet Hantschs Herzschlag aus dem Takt. »Wen?«, fragte er.

»Wigbert Werner. Sie waren vorgestern mit ihm, Jensen und einem Herrn Paul Kirchner zusammen im *Strandpirat.*«

»Ach, die beiden. Sie meinen so einen Dicken und so einen Kräftigen, nicht wahr? Kennen kann man das nicht nennen. Die haben sich zu uns an den Tisch gesetzt und wir sind ins Gespräch gekommen.«

»Und danach?«

»Was danach?«

»Das will ich von Ihnen wissen. Was haben Sie danach gemacht?«

Hantsch biss sich auf die Unterlippe. Jetzt wurde es ernst und in seiner Mundhöhle braute sich ein Sandsturm zusammen, so fühlte es sich jedenfalls an.

»Spaziergang.«

»Wohin? Erzählen Sie doch mal frei weg. Oder wollen Sie nicht?«

»Warum sollte ich nicht wollen?«, erwiderte Hantsch zögerlich.

»Das wäre dann die nächste Frage. Also?«

»Wir hatten eben ein bisschen was getrunken und ich hielt es für meine Pflicht, darauf zu achten, dass die nicht sofort Auto fuhren. Ich habe sie zu ein paar Schritten durch die Dünen überredet.«

»Das ist ja sehr fürsorglich von Ihnen gewesen. Und anschließend zurück zum Parkplatz, oder wie?«

Hantsch fand, dass Triller etwas ironisch klang. Er griff zur Kaffeekanne, weil er seine vorbereitete Antwort noch mal auf Fehler überdenken wollte. Unter Trillers scharfem Blick rührte er Milch und nacheinander fünf Stück Zucker in den Kaffee, obwohl er Sirup hasste.

»Der Kräftige musste austreten und ist in die Dünen gestiefelt, obwohl ich ihm gesagt habe, dass es verboten wäre. Wir haben mit dem Dicken gewartet, aber der andere kam und kam nicht zurück. Ich bin dann mit Jensen zum Parkplatz und von dort ins Hotel.«

Triller betrachtete ihn schweigend. Zur Überbrückung zwang sich Hantsch zu einem Schluck Kaffee. Den Würgereiz zu überwinden, erforderte seine ganze Konzentration.

Triller ließ ihn nicht aus den Augen. Gerne hätte Hantsch gewusst, was in dem Kommissar vorging.

»Ist etwas Besonderes vorgefallen, bei dem Spaziergang oder beim Warten?«

Hantsch zuckte die Schultern. »Nein, eigentlich nicht. Dem Dicken ging es nicht besonders, er musste sich auf eine Bank setzen. Das hat mich gewundert, aber vielleicht hatte er schon vorher was gebechert.«

»Ist Ihnen jemand begegnet?«

»Ach ja, da kam uns ein Spaziergänger mit einem Hund entgegen. Wir haben ein paar Worte gewechselt, aber sonst war nichts.«

»Ein lautes Geräusch vielleicht? Ein Knall?«

Hantsch schüttelte den Kopf. Triller griff in die Innentasche seiner Jacke und holte Ausdrucke von Fotos heraus. Er legte sie vor Hantsch auf den Tisch.

»Was soll ich damit?«, fragte Hantsch.

»Schauen Sie drauf. Sind das Herr Kirchner und Herr Werner?«

»O Gott«, sagte Hantsch. »Was ist passiert?«

»Das wollen wir gerade herausfinden. Sind sie es?«

»Ich glaube schon«, erwiderte Hantsch leise. Ihm war übel geworden. Die Hälfte des Zuckers hätte es auch getan, dachte er.

»Was heißt, Sie glauben? Ja oder nein?«

»Ich kenne die kaum und die sehen so entstellt aus. Sind sie ... tot?«

Triller nickte. »Die lagen in den Dünen. Herr Kirchner hat eine tödliche Schussverletzung und Herr Werner ist wahrscheinlich erstickt. Wissen Sie was darüber?«

»Nein«, rief Hantsch erschrocken.

Triller schwieg. Er blickte auf die Uhr und goss sich ebenfalls Kaffee nach.

»Ich fürchte, ich kann da nicht ...«

»Schon gut«, sagte Triller. »Was haben Sie gestern Abend gemacht?«

»Gestern Abend? Wieso wollen Sie das wissen?«

»Ich habe meine Gründe. Beantworten Sie einfach meine Frage.« Triller zückte einen Notizblock.

»Wir waren im *Fidelen Bückling* in Wittdün.«

»Von wann bis wann und was haben Sie da gemacht?«

»Von halb acht bis halb zehn, ungefähr. Ich habe nicht auf die Uhr gesehen. Das mache ich im Urlaub eigentlich nie. Dabei kann man sich nicht entspannen.«

»Danach?«, fragte Triller, während er notierte.

»Spazieren, ich war spazieren.«

»Schon wieder?«

»Eben Urlaub. Da gehe ich oft.«

»Und Jensen?«

»Der hat geschlafen.«

»Und später?«

»Haben wir uns den Hafen angeschaut.«

»Welchen Hafen?«

Hantsch überwand sich und nahm noch einen Schluck aus seiner Kaffeetasse. »Den Tonnenhafen. Also den, wo die Seezeichen liegen. Der heißt offiziell Seezeichenhafen, weil Tonnen Seezeichen sind, genau wie Bojen. Das Schiff, das die Seezeichen rausfährt, heißt To…«

»Ja, meine Güte, das weiß ich auch!«, fuhr ihn Triller an. »Warum waren Sie da? Einfach so?«

Hantsch duckte sich. »Entschuldigung, das konnte ich ja nicht wissen …«

»Jetzt wissen Sie's! Also?«

»Na ja, ich habe Petter erzählt, dass ich gerne eine Jacht hätte. Da sagte er, er hätte auch gerne eine. Dann haben wir diskutiert, was für eine es sein sollte. Schließlich sind wir los, Jachten ansehen.«

»Wann war das?«

»Weiß nicht genau, lange nach Mitternacht.«

»Und weiter? Was war da?«

Hantsch schwieg. Er betrachtete die Falten im Tischtuch und fragte sich, ob er in Zukunft seinen Urlaub in den Bergen verbringen sollte. Wenn er denn in Zukunft noch mal in Urlaub fahren konnte. Er hatte aber gehört, es gebe Hafturlaub.

»Herr Hantsch? Was war da?«

»Warum fragen Sie? Sie wissen es doch wahrscheinlich. Sind Sie deswegen hier?«

»Nicht nur. Ich möchte es aus Ihrer Sicht hören.«

»Wir sind eben auf diese schicke Jacht gestiegen. Ich weiß, das hätten wir nicht machen dürfen, weil es verboten ist. Aber wir haben nichts beschädigt, wir wollten sie uns nur mal genauer ansehen.«

»Ja, weiter«, sagte Triller unter auffordernden Handbewegungen.

»Da kam jemand und wir mussten schnell wegrennen.«

»Warum?«

»Das war ziemlich merkwürdig. Der trug ein schweres Bündel und ich habe gespürt, dass er sich heranschlich. Ich dachte, der hat was vor, der ist gefährlich. Da sind wir abgezischt.« Hantsch musste den Schließmuskel fest zusammenpressen, denn auch in seinem Darm braute sich was zusammen. Die feuchten Hände wischte er unablässig an dem Sitzkissen des Stuhls ab.

»Sie haben nichts mit auf das Boot gebracht?«

»Nein. Warum auch?«

»Ich frage nur. Warum haben Sie nicht die Polizei gerufen, wenn Sie schon dachten, diese Person führt etwas im Schilde?«

Jetzt wäre Rotwerden gut, dachte Hantsch. Möglicherweise hatte er aber schon hektische Flecken im Gesicht. Er konnte nur beten, dass Jensen sich trotz seiner Beschränktheit an die verabredete Geschichte hielt.

»Wir waren ja nicht sicher, außerdem hatten wir Angst, man hält uns für Einbrecher. Immerhin sind wir über das

Gatter gestiegen, obwohl das nicht erlaubt ist. Es steht ja drauf, wenngleich zu weit unten und die verwendete Schrifttype lässt auch zu wünschen übrig. Ich finde zudem, Schilder sollten grundsätzlich reflektieren. Sie nicht?«

Triller schwieg. Er betrachtete abwechselnd Hantsch und seine Notizen. In diesem Moment kam der kauende Kollege mit dem Ausweis zurück. Er wechselte einen Blick mit Triller, wobei er leicht den Kopf schüttelte.

»Draußen?«, fragte Triller.

Der Kollege schüttelte abermals den Kopf, übergab Triller zwei bedruckte Seiten und verschwand wieder durch die Küchentür.

»Wir haben eine Zeugenaussage«, erklärte Triller, wobei er im Notizblock blätterte. Er klopfte mit dem Zeigefinger auf eine Seite. »Derjenige, dem Sie offenbar begegnet sind, sagte aus, er habe, als er im Auftrag des Eigners auf dem Boot nach dem Rechten sehen wollte, zwei Männer überrascht, die dort vermutlich eine Leiche verstecken wollten. Sie hätten die Leiche ins Wasser geworfen, als sie ihn kommen sahen. Einer der Männer habe ihn getreten, sodass er ebenfalls ins Wasser fiel und sich dabei verletzte.«

Wut stieg in Hantsch auf. Dass jemand, der offenbar selbst Dreck am Stecken hatte, ihn dessen bezichtigte, fand er empörend.

»Das ist glatt gelogen«, rief er. »Es war genau so, wie ich sage. Fragen Sie Herrn Jensen.«

Schweigend setzte Triller eine Brille auf, nahm die Blätter und las. Hantsch wurde ungeduldig.

»Was ist denn nun? Sind wir fertig? Ich habe noch kein Frühstück gehabt und entsetzlichen Hunger.«

Triller sah ihn kurz über den Rand der Brille hinweg an. »Moment.«

Ich stehe gut da, dachte Hantsch. Oder? Alles ist bis jetzt plausibel, aber weiß der Himmel, was er da noch hat. Manchmal blufften die Polizisten auch, das kannte er aus dem Fernsehen. Triller wollte ihn nervös machen, damit er sich verplapperte. Da würde der lange warten müssen, denn nervös war er schon. Aber verplappern würde er sich nicht. Er nicht.

»Reden wir über vorgestern, Dienstag. Was haben Sie da gemacht?«

Hantsch spielte Nachdenken, indem er den Kopf aufstützte und in eine Zimmerecke äugte. »Dienstag, hm, warten Sie … Ach, da war ich mit Herrn Jensen im Strandcafé, wo sich die beiden merkwürdigen Männer zu uns gesetzt haben. Wie hießen die noch mal?«

Zum ersten Mal wirkte Triller nun genervt. Er ruckelte mit dem Kopf, warf die Lesebrille auf den Tisch und schnaufte.

»Das wissen wir schon. Ich meine vor diesem Treffen. Was haben Sie da gemacht?«

»Ist das alles so wichtig? Warum denn?«

»Ja, das ist sehr wichtig, Herr Hantsch. Ich frage nicht zum Spaß. Also antworten Sie gefälligst.«

»Ja doch«, erwiderte Hantsch, »ich helfe gerne, wenn ich kann und so nett gebeten werde. Dienstagvormittag habe ich Herrn Jensen getroffen. Wir haben uns für den Abend verabredet, weil er noch Kunden hatte.«

»Wo haben Sie Jensen getroffen?«, knurrte Triller.

»Am Tonnenhafen.«

»Aha, schon wieder der Seezeichenhafen. An dem haben Sie wohl einen Narren gefressen. War das Treffen Zufall?«

Vor der Antwort nahm Hantsch einen tiefen Atemzug. Ihm war klar, dass er möglichst dicht an der Wahrheit bleiben musste, wenn er seine Chancen erhöhen wollte. »Ja und nein. Ich hatte einen prima Feuerlöscher am Strand gefunden, der sah noch richtig gut und neu aus. Im Hotel haben sie mir gesagt, dass der Löscherservice zum Tonnenhafen käme, und dann habe ich einen Spaziergang dahin gemacht. Ich wollte den Löscher prüfen lassen und ihn mit nach Hause nehmen, falls er nicht kaputt wäre. Da brauche ich nämlich einen, wissen Sie?« Hantsch fühlte sich von Triller, der sich am unrasierten Kinn kratzte, nun besonders intensiv betrachtet.

»Und, war der Löscher noch funktionstüchtig?«

»Ja, schon«, meinte Hantsch gedehnt.

»Und wo ist er jetzt? Bei Ihnen im Zimmer?«

»Nein, ich habe ihn nicht mehr.«

»Warum?«, fragte Triller lauernd.

Der weiß was, dachte Hantsch, der weiß was. Noch mehr Schweiß quoll aus seinen Poren. »Ich habe ihn Herrn Katelbeck gegeben, der hatte ihn verloren.«

Triller schlug auf den Tisch. »Katelbeck! Den kennen Sie also auch. Woher?«, rief er heftig.

Hantsch zuckte zurück. »Na ja, kennen ist zu viel gesagt. Er hat mich angerufen und sich mit mir getroffen. Dabei kam der Fund des Löschers zur Sprache. Ich habe ihm das Ding später nach Wittdün in seine Wohnung gebracht. Ist irgendwas damit? Habe ich was falsch gemacht?«

»Wie kommen Sie an Katelbeck?« Die Schärfe war noch nicht aus Trillers Stimme gewichen.

»Sie verhören mich ja richtig, als hätte ich was gemacht!«

»Wir führen hier eine Mordermittlung durch. Antworten Sie!«

»Mordermittlung?«, hauchte Hantsch, wobei er sich stumm, jedoch nachdrücklich einen elenden Heuchler schalt. Obwohl er niemanden ermordet hatte, soweit er wusste. »Wer ist denn …«

»Das ist im Augenblick für Sie nicht wichtig. Ich brauche Ihre Zeugenaussage, also los. Oder haben Sie etwas zu verschweigen?«

»Nein, nein, ich frage ja nur. Also, Katelbeck hat diese Partnervermittlung und ich würde vielleicht gerne heiraten, irgendwann. Immer solo, das ist auf Dauer nicht so schön.«

»Wem sagen Sie das«, knurrte Triller. »Wie sind Sie ausgerechnet an Katelbeck gekommen?«

»Als ich bei Herrn Jensen wegen des Löschers war, kam eine Bekannte von ihm vorbei. Gesprächsweise kamen wir auf das Thema und die Bekannte erzählte, dass sie für eine Partnervermittlung arbeite. So kam das.«

»Diese Bekannte, hatte die vielleicht zufällig einen Namen?« Mehr und mehr klang Triller genervt.

»Ich glaube, sie hieß Madeleine.«

»Glauben?«, fragte Triller unwirsch.

»Na ja, Petter hat das so komisch ausgesprochen, Sie wissen sicher, wie hier geredet wird.«

»Lassen wir das. Woher kennt Jensen diese Dame?«

»Auch von der Partnervermittlung. Er hatte mal mit ihr deswegen zu tun. Aus dem Grund sind wir auf das Thema gekommen.«

Triller schnaufte laut und rieb sich die ohnehin schon ziemlich roten Augen.

»Einen Nachnamen hatte diese Madeleine wohl nicht, oder?«

»Doch, doch«, sagte Hantsch.

»Ja, und welchen?« Triller beugte sich wieder vor.

Hantsch hob bedauernd die Schultern. »Das weiß ich nicht, leider.«

»Wieso sagen Sie, dass sie einen hatte?« Triller schnitt eine Grimasse.

»Haben doch alle, außer Michelangelo«, murmelte Hantsch. »Oder?«

Triller pfefferte sein Notizbuch auf den Tisch. Eine Zornfalte wölbte sich über seiner Nasenwurzel.

Da öffnete sich die Küchentür. Das Geklapper und die Stimmen, die bis dahin nur gedämpft herausgedrungen waren, wurden lauter.

Ein rundlicher Glatzkopf in fleckiger, weißer Schürze tauchte auf. »Bitte, wir müssen öffnen und vorher die Tische herrichten. Können Sie nicht woanders …?«

Triller rollte die Augen. »Ja, ja, gleich. Nur noch fünf Minuten.« Er richtete seine Aufmerksamkeit wieder auf Hantsch.

»Wann haben Sie Katelbeck den Löscher gebracht?«

»Das muss so gegen zwei gewesen sein. Oder ein bisschen früher.« Hantsch hatte das Gefühl, er sollte ab jetzt jede Äußerung vermeiden, die den Kommissar ärgern könnte. Allerdings war er nicht sicher, warum sachlich korrekte Antworten in Trillers Augen keine Gnade fanden.

»Hat Katelbeck den Löscher persönlich in Empfang genommen?«

Hantsch nickte. »Ja, er selbst und höchstpersönlich.«

Für einen Moment verhärteten sich die Züge um Trillers Kinn erneut.

»Ist Ihnen irgendetwas aufgefallen? Oder hat Katelbeck was gesagt?«, fragte er nach einem Moment doch recht ruhig.

»Danke hat er gesagt. Und aufgefallen ist mir, dass er ziemlich wenig Möbel in der großen Wohnung hatte.«

»Ach, sind Sie drin gewesen? War außer Katelbeck noch jemand anwesend?«

Hantsch winkte ab. »Nein, drin war ich nicht. Aber die Wohnzimmertür stand offen. Gesehen habe ich außer Katelbeck niemanden.« Langsam fühlte sich Hantsch immer sicherer.

Der Kommissar wirkte nicht mehr so konzentriert, eher müde und resigniert. »Einen Moment noch«, meinte er zu Hantsch, erhob sich und tappte in den Vorraum, wo Jensen mit Geiger saß.

Die Kriminalisten tuschelten miteinander. Hantsch konnte durch die offene Tür beobachten, wie Geiger mehrfach die Schultern hob, wobei sie die Handflächen zur Decke drehte und dabei den Kopf schüttelte. Der junge Mann in Jeans und Sakko kam ebenfalls dazu. Sie gestikulierten eine Weile.

In der Zwischenzeit erschien der Dicke mit der Schürze wieder im Gastraum. Diesmal trug er eine Kochmütze.

»Jetzt decken wir die Tische«, rief er den Polizisten zu. Er winkte zwei Bedienungen herbei, die hinter ihm warteten.

Triller kam zurück. »Gut, Herr Hantsch, das wäre es fürs Erste. Sie müssen heute Nachmittag noch zur Wache kommen, dort fertigen wir ein Protokoll an. Eine Sache müssen wir jetzt noch klären, da wäre Ihre Anwesenheit nötig.«

Hantsch ließ sich auf den Stuhl zurücksinken, aus dem er sich schon halb erhoben hatte. »Wie, was denn noch? Ich habe Ihnen alles erzählt, was ich weiß.«

»Erzählen brauchen Sie nichts mehr. Wir schauen uns nur noch gemeinsam Jensens Fahrzeug an.«

Sie pilgerten zu fünft zum roten Caddy. Hantsch suchte Jensens Blick, weil er herausfinden wollte, wie es bei ihm gelaufen war. Der Gnom nickte ihm gleichmütig zu. Hantsch atmete erleichtert auf. Gerettet, für den Moment, wie ihm deuchte.

In ungeahnter Verwegenheit sagte er: »Nur das Auto durchsuchen? Und wenn man die schlimmen Sachen im Hotelzimmer aufbewahrt?«

»Das haben wir schon durchsucht«, meinte Triller lässig.

»Aber …«, sagte Hantsch und verstummte mit offenem Mund.

»Sagen wir: Gefahr im Verzug«, erwiderte Triller. Jetzt war es an ihm, zu grinsen.

Jensen hatte inzwischen den Caddy geöffnet.

Der junge Beamte warf einen Blick hinein. »Was für ein Durcheinander. So kann man doch unmöglich ordentlich arbeiten.«

»Was verstehst du davon?«, meinte Jensen.

»Beiseitetreten«, sagte Triller. »Sie können anfangen.«

Die zweite Anweisung galt einem Beamten im Overall, der sich mit einem Schäferhund näherte. Er löste die Leine vom Geschirr und gab einen kurzen, unverständlichen Befehl. Der Hund sprang leichtfüßig in den Laderaum, schnürte mit gesenkter Rute schnuppernd bis zur Werkbank, wo er kurz Laut gab.

»Komm«, murmelte der Polizist im Overall kaum hörbar und sagte laut, nachdem der Hund wieder neben ihm stand: »Da ist was. Jetzt müsst ihr weitersuchen.«

Geiger und Steffen, der junge Beamte, drängelten sich in den Wagen. Mithilfe einer starken Lampe kramten sie zwischen den Geräten und dem Gerümpel. Ein weiterer Beamter kam dazu, dem sie Gegenstände anreichten, um sie hinter dem Wagen auf dem Boden auszubreiten.

»Nehmen Sie Rauschgift oder handeln Sie damit?«, fragte Triller währenddessen Jensen.

»Wenn du Alk meinst, dann ja.«

»Wir wollen doch mal höflich bleiben, Herr Jensen. Oder

wollen Sie eine Anzeige wegen Beleidigung an den Hals bekommen?«

»Häh? Mann, was hast du jetzt für Beschwerden?« Jensen wirkte ziemlich verwirrt.

Vor Schreck zog Hantsch scharf die Luft ein. Bitte, jetzt nicht mehr alles versauen, betete er. Zumal sie gleich in Erklärungnot geraten würden, da der Hund etwas gefunden hatte.

Triller baute sich mit verschränkten Armen vor Jensen auf. »Für Sie, Herr Jensen, bin ich Kriminalhauptkommissar Triller und nicht ›Mann, du‹. Das Duzen stellen Sie gefälligst sofort ein.«

»Jau, is ja schon gut«, brummte Jensen. »Wie mein Scheff.«

»Also noch mal«, sagte Triller, »wie erklären Sie sich, dass der Hund Rauschgiftspuren in Ihrem Wagen angezeigt hat?«

»Was weiß ich, was in einem Köter vorgeht«, erwiderte Jensen.

»In dem Hund geht mehr vor als in Ihnen. Noch mal: Wie kommen die Rauschgiftspuren in Ihren Wagen?«, fragte Triller ziemlich ungehalten.

Jensen zuckte die Schultern. »Ich komm in viele Häuser und die Leute schleppen mir ihre Löscher an. Weiß ich, was da alles dran hängt? Gerade auf Sylt. Westerland und Kampen ... Da sorge ich nämlich auch für vorschriftsmäßigen Brandschutz, Herr Wachtmeister.«

Triller probierte verschiedene Grimassen. »Woher wollen Sie das wissen?«, fragte er dann scharf.

»Haben Sie nicht gelesen, was die in der Sylter Kläranlage bei Wasserproben alles finden? Stand neulich im *Nordfriesland Tageblatt*. Da wird mehr gekokst als im Kohlenpott.«

Triller winkte kopfschüttelnd ab. Er sah kurz zu dem

Hund rüber, der an den ausgebreiteten Sachen schnüffelte. Bei einem großen Schraubenschlüssel wurde er fündig.

»Wofür benutzen Sie den, Herr Jensen?« Triller zeigte darauf.

»Löscher aufmachen«, knurrte Jensen.

»Gut, dann werden Sie jetzt alle Löscher öffnen, die Sie im Wagen haben. Oder habt ihr irgendwas gefunden?«

Die Beamten schüttelten den Kopf.

»Nee, Schiet, dann muss ich bei dem ganzen Pröttel neue Dichtungen einlegen!«, rief Jensen.

»Tja, da wird Ihnen wohl nichts anderes übrig bleiben. Aber dabei haben Sie immerhin Zeit, sich eine Erklärung zurechtzulegen, warum die Seitenscheibe des Wagens zu Bruch gegangen ist.«

*

»Ich weiß nicht, irgendwas stimmt an der Sache nicht. Die beiden haben zwar auf alles eine passende Antwort, aber ich werde das Gefühl nicht los, dass die uns was verschweigen.« Triller lehnte sich im Stuhl zurück und biss von seiner Bratwurst ab, die schon auf Kinn und Hemdbrust Spuren hinterlassen hatte.

Mit den drei Kriminalern und zwei Inselpolizisten war der Aufenthaltsraum der Wache reichlich gefüllt. Es roch nach Bratfett und feuchten Socken.

»Ist das mit den Todesursachen eigentlich geklärt?«, fragte Kleine. Vor sich eine gelbliche Menübox aus Polystyrol, in der sich Pommes und ein Wiener Schnitzel tummelten. Ihm gefiel, dass die Kripokollegen die Besprechung mit den Inselpolizisten abhielten. So kollegial hatte er das nicht erwartet.

»Bei dem Dicken offenbar eine Hypoxie wegen eines Asthmaanfalls. Der andere könnte sich selbst erschossen haben. Der Schusskanal und die Schmauchspuren ... Wohl ein Neun-Millimeter-Projektil. Jedenfalls hat er eine Waffe abgefeuert, auch wenn wir keine gefunden haben«, sagte Geiger mit vollem Mund. Aus ihrer Box wucherte Grünzeug.

Kleine hob den Zeigefinger wie in der Schule. »Wir sollten Wockenfuß noch mal fragen. Vielleicht hat der die Waffe genommen. Diesem komischen Heiligen traue ich alles zu. So gerne, wie der Hilfspolizist spielt.«

»Macht das«, murmelte Triller und gähnte herzhaft. »Scheiße nur, dass der Tatort so zertrampelt war. Der Regen hat den Rest erledigt. Warum habt ihr nicht mal was drübergedeckt?«

»Wir haben dafür nichts und auf die Schnelle konnte ich keine Plane besorgen, wir mussten den Tatort sichern. Immerhin sind wir hier nur zu dritt«, rief Kleine.

»Dirk hat recht, wir sind für solche Fälle nicht gerade üppig ausgestattet. Ich werde das mal anregen«, sagte Bruns.

»Schon gut«, meinte Triller. »Wir werden sehen, was die Kollegen noch aus den Asservaten rausholen. Bis dahin haben wir vor allem den Kerl vom Hafen am Wickel. Wie heißt der noch gleich?«

»Heiko Budde«, sagte Geiger.

»Ich kenne den«, meinte Bruns, »ist mal besoffen gefahren, aber sonst nicht negativ aufgefallen.«

»Der hat uns eine hübsche Geschichte aufgetischt, er hätte den Schlüssel von Katelbeck, weil am Boot was zu reparieren wäre und so. Aber den knöpfe ich mir noch mal vor. Immerhin schwamm der mit Katelbecks Leiche im Hafen. Mit den Einbruchspuren an der Bootskabine hat er aber sicher nichts zu tun, es sei denn, er wollte einen Einbruch vortäuschen. Aber richtig Sinn ergibt das alles nicht.« Triller wischte sich mit einer Serviette das Fett vom Kinn. »Gibt's noch Kaffee?«, fragte er dann.

»Ich mach gleich noch welchen«, erwiderte Bruns.

»Ist dieser Katelbeck hier bekannt? Was war das für eine Type? Der scheint einen Haufen Geld zu besitzen, mit dieser Wohnung und der Jacht«, fragte Triller.

Bruns und Kleine wechselten einen Blick. Bruns zuckte die Schultern und sagte: »Er gilt als windig. Das ist aber reiner Klatsch. Gegen ihn liegt nichts vor, außer ab und zu falsch parken.«

»Warte mal«, meinte Kleine, »war Katelbeck nicht vorgestern auf der Wache, weil er einen Unfall anzeigen wollte? Ich hole das Wachbuch.« Er stürmte hinaus.

»Der Kollege hat ja noch ordentlich Elan«, sagte Triller.

»Das macht bei uns die Seeluft«, raunte Bruns, »oder die familiären Umstände.« Er deutete kurz auf seinen Ringfinger.

Die Polizisten wechselten kurze Blicke und brachen in Lachen aus, das sofort verebbte, als Kleine zurückkam.

»Hier, das hatte ich doch richtig in Erinnerung. Er war um die Mittagszeit hier und hat angegeben, dass der Löscherdienst mit seiner Kiste einen Kratzer in seinen Wagen gemacht hätte, wohl ohne es zu bemerken. Es gebe dafür einen Zeugen. Michi hat das aufgenommen, aber jetzt ist er zu Hause.«

»Noch eine Verbindung«, stöhnte Triller. »Aber deswegen jemandem eins überziehen?«

»Ist die Todesursache bei Katelbeck denn eindeutig festgestellt?«, fragte Kleine.

»Ja.« Geiger nahm ein Blatt vom Tisch. »Schweres Schädel-Hirn-Trauma, Fremdeinwirkung mit stumpfem Gegenstand, ein dünnes Rohr oder so. In seiner Wohnung haben wir Blutspuren entdeckt, die wahrscheinlich von ihm stammen. Könnte demnach der Tatort sein.«

Bruns erhob sich und füllte Wasser in die Kaffeemaschine. Das zerfledderte Kaffeepaket in der einen, einen Löffel in der anderen Hand, fragte er: »Auch Spuren von Budde? Oder von Dick und Doof?«

»Wen meinst du?«, fragte Triller stirnrunzelnd.

Bruns und Kleine kicherten drauflos.

»Das ist unser neuer Deckname für Jensen und Hantsch.«

»Wer ist wer?«, fragte Geiger. »Für Jensen würde Doof gut passen. Der hat mich gefragt, ob ich auch mal Uniform trage. Frauen in Uniform fände er rattenscharf.«

Gelächter folgte, manches davon etwas betroffen.

»Dick passt aber nicht für Hantsch«, meinte Triller. »Der war vielleicht nervös bei der Befragung. Ein paar Mal dachte ich, gleich kippt er um und gesteht was. Aber dann hatte er doch auf alles eine gute Ausrede. Ich glaube, ich werde mir morgen noch mal in Ruhe die Protokolle zu Gemüte führen. Irgendwas ist da faul, das hab ich im Urin. Wir haben drei Leichen und die beiden tauchen an beiden wahrscheinlichen Tatorten auf. Und es gibt jede Menge Querverbindungen. Zu viel Zufall für meinen Geschmack.«

»Also ehrlich«, sagte Bruns, während er sich wieder hinsetzte. »Hantsch und Jensen halte ich für, Entschuldigung, Vollpfosten. Ich glaube kaum, dass die sich so gute Ausreden einfallen lassen können und sich noch nicht mal widersprechen.«

Triller warf die Arme in die Höhe. »Aber das ist es ja gerade, was ich merkwürdig finde. Normalerweise gibt es immer Widersprüche. Und natürlich wirken Dick und Doof wie Einfaltspinsel. Vor allem Hantsch ist mir auf die Nerven gegangen mit seinen dummen Antworten. Aber wenn das alles nur Masche ist?«

Darauf wusste niemand eine Antwort.

Die Kaffeemaschine stieß Dampfwolken aus und röchelte vor sich hin. Bruns goss den fertigen Kaffee in bauchige Becher.

Sie tranken schweigend, bis sich Kleine räusperte. »Ich hätte da vielleicht eine Idee. Ihr glaubt doch, es geht um Drogen, und zwar im großen Stil, weil dieser Wigbert Werner hier aufläuft und sich persönlich einschaltet. Richtig?«

Triller nickte. »Ungefähr so. Dass der mit Drogen zu tun hatte, wissen wir. Der hat sich auf Sylt ein kleines Imperium zusammengegaunert. Bisher hatten wir nur nichts gegen ihn in der Hand. Aber wenn der sich herbemüht, geht es nicht bloß um ein halbes Pfund Marihuana, so viel ist klar.«

»Okay«, sagte Kleine langsam. Er verschränkte die Hände am Hinterkopf.

»Katelbeck verliert einen Löscher und bekommt ihn wieder. Weshalb? Der hatte Geld genug, um sich jederzeit einen neuen zu besorgen. War Stoff in dem Löscher? Und wo ist der jetzt? Wenn Dick und Doof den haben, müssen sie damit runter von der Insel. Das geht eigentlich nur mit der Fähre. Lasst sie gehen und dann …«

»Gute Idee«, fiel Triller ein, »wir passen sie auf der Fähre ab und filzen sie gründlich. Das wäre dann übermorgen, wenn Hantsch nach Hause fährt. Bis dahin haben wir ein Auge auf die beiden. Jensen muss auch auf Amrum bleiben, hier können wir ihn leichter unter Kontrolle behalten. Solange uns nichts Besseres einfällt, machen wir das so.«

Triller hielt inne und überlegte. »Wenn es um Drogen geht, dann müssen wir uns Katelbecks und Buddes Wohnungen genau ansehen, vielleicht finden wir da was. Und diese Madeleine, von der die Rede war, die sollten wir unbedingt auftreiben. Schade, dass keiner von euch sie kennt. Aber sie hat mit Katelbeck zusammengearbeitet, über Katelbecks Umfeld finden wir sie vielleicht. Entweder im Jachtklub oder über einen seiner Nachbarn. Außerdem sollten wir das Boot genauer unter die Lupe nehmen, oder habt ihr euch dort schon gründlich umgetan, Vera, Steffen?«

Geiger und der junge Beamte schüttelten synchron den Kopf.

»Es war noch abgeschlossen, deswegen haben wir nur kurz reingeschaut. Sah reichlich wüst aus«, erwiderte Steffen.

Triller nickte gähnend.

»Gut. Da gehen wir morgen dran. Für heute ist Schicht.«

*

Tränen rannen Hantsch über die Wangen bis in die Mundwinkel. Immer wieder musste er sein Taschentuch herauskramen und sie abtupfen.

Natürlich lag es nicht an dem Moment, in dem Jensen seine Hand auf Hantschs Schulter legte und behauptete, in ihm doch einen guten Kumpel gefunden zu haben und die Geschichte, die sich dieser gute Kumpel für die Polizei ausgedacht habe, sei ganz großes Kino.

Es lag auch nicht daran, dass Hantsch im Grunde das Gleiche fühlte. Vielleicht mit der kleinen Variation, dass Jensen sich selbst übertroffen hatte, indem er genügend Grips zusammengekratzt und diese Geschichte fehlerfrei und ohne ungute Ergänzungen zum Besten gegeben hatte.

Auch der Abschied von der Inselwelt, der wahrscheinlich unvermeidlich war, bedeutete ihm inzwischen nicht mehr so viel, dass er darüber in Trauer verfallen wäre.

Nein, es war der scharfe Nordwestwind, der ihm vehement ins Gesicht fuhr, seit der Hafen von Wyk und die Insel Föhr allmählich hinter ihm zurückblieben.

Trotzdem scheute er den Weg ins Innere der Fähre, denn er war sich nicht sicher, ob die vermutete Ursache des Tränenflusses einer Überprüfung standhielt.

Zu seinen Füßen schäumte das graue Wasser, in das sonore Dröhnen der Schiffsdiesel mischten sich die Rufe der Möwen, die zahlreich die Fähre umkreisten.

Da ihm der Wind ständig die Kapuze vom Kopf blasen wollte, drehte sich Hantsch um und schlenderte langsam zwischen den Bänken nach vorne, in Fahrtrichtung. In letzter Zeit fühlte er sich beschissen genug, da brauchten die Möwen auf seinem Kopf nicht ihren Teil dazuzutun.

Vor sich sah er nun die graugrüne Küstenlinie des Festlands, rechts verschwand Langeneß allmählich.

Nur einige Wetterfeste trotzten mit ihm der Witterung. Eine Person, die ihm bekannt vorkam, bewegte sich am Rand seines Sichtfelds.

Er drehte den Kopf ein Stück weiter und entdeckte die braunen Haare, die unter der dunklen Mütze hervorflatterten.

Nun wusste er, dass es sich um die Kriminalassistentin Geiger handelte. In Windjacke und Jeans hätte es sonstwer sein können, aber die Haare verrieten sie.

Vielleicht war es ihr egal, ob Hantsch sie erkannte. Vielleicht war sie nicht dienstlich unterwegs. Vielleicht genoss sie nur die Aussicht. Wahrscheinlicher war jedoch, dass sie ihn im Auge behielt. Demnach standen sie noch unter Verdacht.

»Sie können Amrum am Samstag verlassen, wenn Sie nichts mehr von uns hören«, hatte Triller gesagt, als er mit

Jensen zum Unterschreiben des Protokolls auf der Wache gewesen war.

Es wurde Samstag, ohne dass sich die Polizei bei Ihnen meldete.

Immerhin hatte Jensen für die letzten beiden Nächte ein eigenes Zimmer erhalten. Hantsch hatte ihm Geld geliehen, damit er sich ein paar saubere Sachen zum Anziehen kaufen konnte, denn außer dem Anorak und einer viel zu dünnen Cargohose hatte Jensen nur Arbeitskleidung dabei.

Allerdings gab es für ihn nichts mehr zu tun, er hatte alle Kundenaufträge erledigt und ob er zukünftig noch welche bekommen würde, blieb fraglich.

Sein Scheff habe am Telefon herumgebrüllt, wie eine angestochene Sau, berichtete Jensen mit einem leichten Schmunzeln. Aber das sei ihm egal, wenn die Dinge so liefen, wie er sich das denke, könne er in den Sack hauen oder den Schietladen des Scheffs einfach aufkaufen.

Hantsch fand das viel zu euphorisch, denn für sein Gefühl waren sie noch lange nicht aus dem Schneider. Gegen Enttäuschungen würde er sich wappnen müssen, das stand für ihn fest.

Katelbecks Feuerlöscher hatten sie erst in der letzten Nacht in der oberen Etage des Seitenflügels der *Alten Reuse* gegen den hoteleigenen zurückgetauscht.

Später hatte Hantsch ihn in seinem Koffer in Jensens Wagen geschmuggelt, wo sie ihn dann unbeobachtet in einen Karton und dann ins Löscherregal stecken konnten.

Wenngleich Hantsch die Polizistin gefiel, so mochte er die Implikationen ihrer Anwesenheit nicht. Er schlenderte die Reling entlang zum nächstgelegenen Niedergang. Gleichzeitig zog sich Geiger ein Stück zurück, offenbar wahrte sie stets einen ausreichenden Abstand.

Er fragte sich, ob sie manchmal ein Kleid trug. Gar ein Etuikleid, ärmellos. Jung war sie und schlank und sicher hatte sie schöne Beine. Ob sie sich das Achselhaar rasierte?

Hantsch hatte kaum das Deck darunter betreten, da bemerkte er auch schon den jungen Polizisten, den Triller mit Steffen angesprochen hatte. Seine hellen Haare leuchteten aus dem hohen Kragen eines blauen Windblousons heraus.

Damit waren alle Zweifel dahin. Sie waren noch hinter ihnen her.

Hantsch eilte in den Salon, wo es sich Jensen mit einer Hopfenkaltschale bequem gemacht hatte.

»Die Polizei ist an Bord und beobachtet uns«, raunte Hantsch ihm zu.

Jensen zuckte zusammen, als hätte ihn eine Nadel gestochen. »Was? Warum?«

»Die verdächtigen uns immer noch. Ich wette, die haben noch was vor.«

»Was ... Schiet, wir müssen was machen!« Jensen sprang auf, drehte den Kopf in alle Richtungen und fuhrwerkte mit den Händen an seiner Jacke herum.

»Ruhig, setz dich wieder hin. Wir haben nichts gemerkt und wenn wir was gemerkt haben, ist es uns egal, verstehst du? Wir haben nichts zu verbergen.«

Widerwillig sackte Jensen zurück auf seinen Sitz. »Haben wir doch«, zischte er.

»Das brauchen die nicht zu wissen. Wenn wir Panik verbreiten, nehmen die uns noch genauer ins Visier. Lass uns lieber überlegen, was wir machen können.«

»Was schon? Den Kram aus dem Wagen raus, sofort.« Erneut schnellte Jensen hoch.

Am Arm zog ihn Hantsch zurück. »Ja, das schon. Aber wie und wohin? Das müssen wir uns überlegen.« Er sah auf die Uhr. »Wir haben ungefähr noch eine halbe Stunde Zeit. Ich glaube, die werden uns auf der Fähre nicht mehr belästigen, denn sonst hätten sie es schon längst gemacht. Kritisch wird es erst, wenn wir angekommen sind.«

»Das kannst du nicht wissen«, sagte Jensen händeringend. »Die filzen bestimmt schon auf dem Autodeck meine Kiste. Gerade jetzt, wo wir hier sitzen und pradaten.«

Diesmal unterband Hantsch Jensens Fluchtbewegung schon im Ansatz, indem er ihn einfach festhielt.

»Beruhige dich, auf der Fähre machen die nichts. Wenn sie das gewollt hätten, dann hätten sie gleich nach der Abfahrt losgelegt. Jetzt würden sie bloß den Fährbetrieb stören. Außerdem, warum sollten sie den Wagen aufbrechen, wo wir hier mit dem Schlüssel sitzen.«

Jensen griff zur Flasche, leerte sie weitgehend und sah Hantsch mit einem Funken Hoffnung in den Augen an. »Was sollen wir machen?«

»Viele Möglichkeiten haben wir nicht. Bist du bereit, auf das Rauschgift zu verzichten?«

»Warum denn das?«

»Nicht so laut, Petter. Wenn wir das jetzt behalten, nehmen sie es uns weg. Strafe bekommen wir obendrein und die suchen so lange nach Indizien gegen uns, bis sie uns noch mehr anhängen können.«

Jensen verzog den Mund zu wechselnden Leidensgrimassen. Er kämpfte sichtlich mit sich.

»Wir müssen vernünftig sein und das Zeug loswerden«, fuhr Hantsch fort, »und wir müssen schon verdammt viel Glück haben, um das überhaupt zu schaffen.«

»Oh, verdammte Kacke«, sagte Jensen inbrünstig. »Alles futsch, alles in Dutt. Das gibt's doch gar nicht, jetzt, wo wir so nah dran sind.«

Hantsch zuckte die Schultern. »Hadern ist sinnlos. Wir haben die Partie verloren. Jetzt geht es bloß noch um Schadensbegrenzung.«

»Aber was ist mit den Auslagen? Der Caddy hat vorne und hinten Beulen …« Jensen heulte fast.

»Mein Geld ist auch weg«, brummte Hantsch. »Komm, wir sorgen jetzt wenigstens dafür, dass wir unsere Freiheit behalten.«

»Aber wie? Wenn wir ihn wenigstens hier an Bord gegen einen Löscher austauschen könnten, aber das sind alles andere Kaliber.«

Endlich, dachte Hantsch. Endlich sieht er ein, dass es keinen Zweck mehr hat.

»Wir sind zu zweit. Wir könnten versuchen, die Polizisten auszutricksen, soviel ich gesehen habe, sind das auch nur zwei«, sagte Hantsch. »Wir gehen runter, tun so, als ob ich nur meinen Koffer aus dem Wagen holen will, und rennen dann mit zwei Löschern in verschiedene Richtungen los. Einer von uns, am besten der mit dem Stoff, muss es bis ans Freideck schaffen und das Ding ins Wasser schmeißen. Das fischen die so schnell nicht auf. Könnte klappen, aber nur wenn nicht noch mehr Polizei an Bord ist. Wie findest du das?«

Jensen legte den Kopf schief und kratzte sich am stets schlecht rasierten Kinn. »Wenn wir beide wegrennen, teilen die sich auf. Kann sein, dass die uns beide schnappen. Wie wär's, wenn einer mit einem sauberen Löscher losrennt. Der andere tut so, als ob er überrascht wäre. Wenn beide hinter dem einen her sind, kann der andere den Löscher mit dem Stoff wegschmeißen.«

Nicht schlecht, dachte Hantsch. Da ist Jensen aber fix auf den richtigen Trichter gekommen.

»Guter Vorschlag«, sagte er. »Dann werfe ich den Löscher mit dem Rauschgift über Bord.«

»Nein«, meinte Jensen prompt, »das mache ich.«

»Na gut, wenn dir das lieber ist. Aber du hast erhöhtes Risiko, denn wenn sie dich damit schnappen ...«

Jensen winkte ab. »Wenn die mir zu nahe kommen, lasse ich mir was einfallen. Mach dir keinen Kopp.«

Hantsch fixierte ihn scharf. Der Plan war nur dann gut, wenn Jensen den Löscher wirklich über Bord warf. Er befürchtete jedoch, dass der Gnom eine Finte probieren würde. Zum Beispiel den Löscher irgendwo ablegen, wo er ihn später wiederholen könnte. Hantsch gefiel diese Möglichkeit überhaupt nicht.

»Aber stelle keinen Unsinn an. Der Löscher muss über Bord. Alles andere ist zu gefährlich.«

Jensen winkte wieder ab. Der Plan verlieh ihm Auftrieb, das konnte Hantsch deutlich spüren. Zumindest mit diesem Umstand war er zufrieden. Er sah erneut auf die Uhr. »Dann lass es uns jetzt machen, wir sollten es hinter uns bringen«, sagte er.

Jensen nickte. Er schleckte die letzten Tropfen aus der Flasche und erhob sich.

Sie schlenderten zu einem der Niedergänge, die zum Autodeck führten. Dabei deutete Hantsch mehrfach auf die Küste, die sich hinter den Panoramafenstern immer größer und deutlicher abzeichnete. Er klopfte Jensen ein paar Mal auf die Schulter, zwang sich ein Lachen ab und plapperte Belangloses. Das hatte er sich von anderen Touristen abgeschaut und hoffte, dass er damit die Polizei ablenken konnte.

Gerade als sie auf dem Autodeck ankamen, betraten die beiden Kriminaler hinter ein paar anderen Passagieren die oberste Stufe.

Es roch nach Reifengummi, Treibstoff und Abgasen. Ein Geruch, den Hantsch eigentlich mochte, er erinnerte ihn an seine Vorliebe für Oldtimer. Jetzt aber verband er sich mit der Nervosität und der Angst, die ihr Vorhaben mit sich brachte.

Hantsch und Jensen schlängelten sich durch die dicht stehenden Fahrzeuge, bis sie beim Caddy ankamen. Jensen öffnete die Hecktüren und Hantsch stieg hinein. Mit zwei schnellen Handgriffen zog er zwei Löscher aus ihren Kartons und legte sie für Jensen in Griffweite. Über Blickkontakt verständigten sie sich, welche der beiden roten Flaschen die besondere war.

Danach kletterte Hantsch heraus und hob seinen Koffer vom Boden des Laderaums. Hoch über dem Kopf transportierte er ihn zum Gehweg am Rand des Fahrzeugdecks und stellte ihn dort ab.

»Noch was?«, rief Jensen hinter ihm her.

»Ja, ich glaube, da ist noch eine Jacke«, rief Hantsch. Er kehrte zum Caddy zurück, dabei registrierte er, dass sich die beiden Polizisten beim Näherkommen an seinem Koffer orientierten.

Er nahm den unbelasteten Löscher aus dem Wagen, hielt ihn jedoch so tief wie möglich. Dadurch war er sich sicher, dass die Polizisten nicht erkennen konnten, was er aus dem Wagen genommen hatte. Zwischen ihnen verstellten drei Reihen Autos den Blick.

»Dann los«, murmelte Hantsch. Er drückte sich an Jensen vorbei und hastete los. Dabei hielt er auf die Treppen der anderen Seite zu. Dort hetzte er einen Niedergang hinauf, wobei er sich an ein paar Entgegenkommenden vorbeidrängeln musste. Er rief mehrfach »Pardon«, obwohl seine Puste schon knapp wurde. Japsend blieb er oben einen Moment stehen und vergewisserte sich, dass beide hinter ihm her waren.

Er überlegte einen Moment, ob er durch den Salon einen Weg ins Freie suchen sollte, entschied sich aber dagegen, weil er niemanden über den Haufen rennen wollte. Er sprang zum nächsten Niedergang, wo er über stählerne Stufen auf das Oberdeck polterte.

Hier lief er, so schnell er noch konnte, zum entferntesten Ende der Sonnenterrasse. Keuchend setzte er den Feuerlöscher ab und klammerte sich an die Reling. Seine Beine zitterten vor Anstrengung, die Lunge fühlte sich an, als habe er sie in Brand gesteckt.

»Ich sollte mehr Sport machen«, hechelte er seinen Verfolgern entgegen.

»Was sollte das, Herr Hantsch? Wo wollen Sie mit dem Feuerlöscher hin?«, rief die Kriminalassistentin Geiger.

»Sport«, stieß Hantsch unter Keuchen hervor.

»Geben Sie ihn uns«, meinte der hellhaarige Beamte.

»Wieso? Das ist meiner«, erwiderte Hantsch.

»Warum sind Sie damit weggerannt?«

Für die wenigen, die sich auf dem Oberdeck herumtrieben, war diese Verfolgungsjagd ein spannendes Schauspiel.

»Der hat einen Feuerlöscher geklaut«, hörte er einen Mann in seiner Nähe sagen.

»Vielleicht drehen die hier«, meinte ein anderer.

»Wieso weggerannt? Ich wollte bloß ein bisschen trainieren«, sagte Hantsch, dessen Atmung sich allmählich beruhigte.

»Mit einem Feuerlöscher? Erzählen Sie uns keine Märchen. Den beschlagnahmen wir. Her damit«, sagte der Polizist. Er griff danach und Hantsch ließ ihn gewähren.

»Wollen Sie auch trainieren?«, fragte Hantsch.

Antwort bekam er nicht, denn Geiger, die sich an die Reling gelehnt hatte, rief: »Steffen, sieh mal da!« Sie deutete mit dem Arm in die Tiefe.

Sowohl der Polizist als auch Hantsch reckten den Kopf und starrten in die gezeigte Richtung.

»Scheiße, den hat der andere reingeschmissen«, rief der Beamte. »Ruf die Kollegen an, vielleicht können die ihn wieder rausfischen.«

Geiger zückte ein Handy, mit dem sie sich ein Stück zurückzog.

Währenddessen beobachtete Hantsch, wie der rote Stahlbehälter schwerfällig in den Wellen tanzte und langsam achteraus wanderte. Jensen hatte es also geschafft. Die Chance war wieder da, dass er billig davonkommen würde. Nur die Sache mit dem Auffischen behagte ihm nicht. Er fragte sich, was das bedeuten konnte. Ob es da draußen ein Boot gab, das der Fähre folgte, und wie die Chancen standen, dass ein zwar rot leuchtendes, jedoch so kleines Objekt aus dem Grau in Grau von Himmel und Meer geborgen werden konnte?

Zwar konnte Hantsch den Löscher nach kurzer Zeit nicht mehr ausmachen, dafür aber schälte sich ein Polizeiboot aus der Naht zwischen Horizont und Wasser, das rasant aufschloss.

Hantsch biss sich auf die Lippen. Zusammen mit den Kripobeamten sah er, wie das Boot wieder langsamer wurde und sich ein paar dunkel gekleidete Personen an Steuerbord sammelten.

Hantsch wandte sich ab. Er wollte nicht mitansehen, wie sich sein kurzes Glück in Pech verwandeln würde, falls die Suche Erfolg brachte.

»Wo wollen Sie hin?«, fragte Geiger.

»Unter Deck. Mir ist kalt. Außerdem steht mein Koffer noch unten ohne Aufsicht.«

»Ich begleite Sie.«

Sie trappelte hinter ihm her bis auf das Autodeck. Der Caddy war verschlossen und Jensen verschwunden. Dafür stand der Koffer noch dort, wo er ihn gelassen hatte.

Hantsch schleppte ihn hinauf auf das Passagierdeck und ließ sich dort keuchend auf den ersten freien Sitz fallen. Er spürte schon, dass er Muskelkater bekommen würde. So viel Sport hatte er schon lange nicht mehr getrieben.

»Wenn wir gleich anlegen, bleiben Sie bei uns«, sagte Geiger hinter ihm. Er fuhr herum, weil er nicht gemerkt hatte, dass sie ihm auch hierher gefolgt war.

»Wieso? Mein Zug fährt, ich habe nicht viel Zeit.«

»Sie bleiben bei uns, bis wir Ihnen sagen, dass Sie gehen können. Verstanden?«

Diesem Muttertion konnte Hantsch nicht lange widerstehen. Er spürte schon, wie er zu einem resignierten Nicken ansetzen wollte.

»Warum denn das? Und wie lange? Ich muss schließlich den Anschluss bekommen.«

»Die Ermittlungen sind noch nicht beendet. Ehrlich gesagt, haben Sie sich durch Ihre dumme Aktion wieder selbst in Verdacht gebracht. Warten Sie also ab, sonst muss ich Sie vorübergehend festnehmen.«

Hantsch schwieg. Da musste er eben durch. Die Zeitverzögerung war hoffentlich der letzte Akt in dieser Komödie, an der er teilnehmen musste. Er hoffte nur, dass alles glattlief.

Während er darüber nachdachte, kam Bewegung in die Passagiere. Sie trampelten nach und nach an ihm vorüber und polterten die Stufen zum Autodeck hinab.

Jensen kam zu ihm. Aus seiner Jackentasche spitzte der Hals einer geöffneten Bierflasche, die ein Schaumkrönchen trug. Er grinste zufrieden bis glasig. Als er Hantsch und Geiger erblickte, summte er ein Lied. »Wenn bei Capri die rote Sonne …«

Hantsch war froh, dass Jensen husten und rülpsen musste, denn sein Gesang klang noch abscheulicher.

»Nehmen Sie Herrn Hantsch mit in Ihren Wagen«, sagte Geiger.

»Wieso das jetzt?«, fragte Hantsch.

»Sie werden schon sehen. Los, Sie müssen runter, gleich legen wir an.«

»Na komm schon«, meinte Jensen, »ich bring dich hin, wo du willst. Wir sind ein Superteam, was?«

Hantsch ließ das unkommentiert. Er schnappte den Koffer und nahm die Treppe in Angriff. Auf halber Höhe dröhnten die Motoren lauter und ein Ruck lief durch das Schiff. Jensen, der sich dicht hinter Hantsch gehalten hatte, verlor das Gleichgewicht und stolperte gegen seinen Vordermann. Hantsch musste den Koffer loslassen, sonst wäre er gestürzt. Das übernahm nun sein Gepäck für ihn.

Nachdem er über ein paar Stufen gekullert war, schlug der Koffer, seinen Inhalt ausspeiend, unten auf. Gleichzeitig spürte Hantsch, wie seine Hose nass wurde. Fluchend hastete er nach unten, sammelte in großer Hast Klamotten und Kulturbeutel ein, die er dann durch den offenen Spalt zurück in den Koffer stopfte. Jensen trappelte hinterher und ihm folgte Geiger.

Auf dem Autodeck bliesen schon etliche Motoren Abgase in die Luft, obwohl sich die Bugklappe erst langsam öffnete.

»Lass mich fahren«, sagte Hantsch, während er sich vorsichtig mit seinem Gepäck zwischen den Stoßstangen hindurchschob. »Wenn sie uns gleich anhalten, verlierst du sonst deinen Führerschein.« Eine dumpfig-warme Wolke aus einem Auspuffrohr fuhr ihm ans Hosenbein und stieg ihm in die Nase. Er fluchte und zu seiner Überraschung hielt ihm Jensen prompt den Schlüssel hin.

»Aber nix mehr kaputt machen«, brabbelte der dazu. »Mit Kohle ist jetzt schlecht.«

»Geld habe ja bisher nur ich ausgegeben«, meinte Hantsch. Er verstaute den Koffer und stieg ein.

Jensen fläzte sich neben ihn und setzte die Flasche an die Lippen.

Jetzt wurde Hantsch der Zusammenhang zwischen Jensens Bier und seinem angefeuchteten Hosenbein klar. Er seufzte.

Hinter ihnen ertönten Hupen. Hantsch ließ den Motor an und fuhr vorsichtig los, was ihm diesmal gut gelang. Sie rollten über die stählerne Rampe ins Helle auf den Asphalt, dessen Markierungspfeile ihnen den Weg aus dem Hafen weisen würden. Aber so weit kam es nicht.

Zwei uniformierte Polizisten winkten sie mit Kellen nach links aus der Kolonne heraus und bedeuteten ihnen Anhalten. Einer von ihnen trat zur Fahrerseite. Hantsch musste die Tür ein Stück öffnen, das Fenster war immer noch durch Folie ersetzt.

»Folgen Sie dem Streifenwagen«, sagte der Beamte.

Ein Polizeiwagen leitete sie zwischen zwei Grünflächen hindurch und weiter nach links bis auf einen großen geteerten Platz am Ende der Mole.

Dort standen ein Polizeikleinbus und zwei Zivilwagen, neben denen sich Triller und ein paar Uniformierte aufgereiht hatten. Hinter ihnen, am seewärtigen Ende der Mole, hatte ein Boot festgemacht, das Hantsch sofort erkannte. Es war das Polizeiboot, das er von der Fähre aus auf der Suche nach dem Feuerlöscher beobachtet hatte.

Triller kam heran. »Motor abstellen und aussteigen«, rief er.

»Noch 'ne Party?«, fragte Jensen, als sie neben dem Wagen standen.

»Abwarten«, meinte Triller. Er sah an ihnen vorbei, Richtung Fähre.

Hantsch drehte sich um und erkannte Geiger und den hellhaarigen Polizisten, die zu Fuß näher kamen. Der Polizist trug einen Feuerlöscher auf der Schulter. »Mit dem ist der Lange durchs Schiff geflitzt. War wohl ein Ablenkungsmanöver.«

Triller nickte. Er wandte sich an Hantsch. »Warum haben Sie das gemacht?«

»Sport«, erwiderte Hantsch. Ihm war nicht wohl bei der Antwort, sie war schon arg frech, das wusste er nur zu gut.

Eine Antwort sparte sich Triller. »Sie haben in der Zwischenzeit einen Feuerlöscher über Bord geworfen«, sagte er zu Jensen.

»Kann ich mich nich erinnern«, erwiderte der.

»Es gibt Zeugen«, meinte Triller.

»Ja, stimmt«, blubberte Jensen, »die klingeln immer bei mir und wollen mir einen *Wachturm* in die Hand drücken.«

»Glauben Sie, das hier ist alles Jux? Da kennen Sie mich aber schlecht«, knurrte Triller. »Hier ist ein Durchsuchungsbeschluss. Los, Auto aufmachen.«

Hantsch zuckte mit den Schultern. »Ist offen«, sagte er.

Mit einer energischen Handbewegung schickte Triller seine Leute los. Aus dem Kleinbus stieg der Hundeführer mit seinem vierbeinigen Kollegen.

Geiger öffnete die Hecktüren des Caddy.

Triller drehte sich ein Stück zu einem uniformierten Beamten um, der sich bis jetzt im Hintergrund gehalten hatte. Dieser Beamte bückte sich und hob einen Gegenstand vom Boden auf, den er Triller reichte.

Hantsch schluckte. Es war ein Feuerlöscher, einer von der Sorte, in dem das Kokain angeschwemmt wurde.

»Das ist der Löscher, den Sie ins Wasser geschmissen haben. Ich brauche Sie sicher nicht noch mal zu fragen, warum Sie das gemacht haben. Aber wir werden den jetzt öffnen und ich glaube, dann haben wir die Antwort schon. Von dieser Sorte Feuerlöscher haben wir noch ein paar mehr auf der Jacht gefunden, in die Sie einbrechen wollten.« Triller grinste recht zufrieden.

»Moment mal«, sagte Hantsch. »Selbst wenn Herr Jensen einen Löscher ins Meer geworfen hat – was ich bezweifle –, woher wollen Sie wissen, dass es dieser Löscher war?«

Triller verzog kurz den Mund und Hantsch wusste, dass er eine Schwachstelle in der Beweiskette gefunden hatte.

»Den haben die Kollegen hinter der Fähre aufgefischt, damit ist die Sache wohl klar. Herr Jensen, Sie werden den jetzt öffnen.«

Jensen hatte die Arme vor der Brust verschränkt. Er bewegte den Kopf langsam hin und her. »Nö, heute ist Samstag, da arbeite ich nicht. Füllen Sie einen Auftragszettel aus, dann mach ich das Montag.«

Triller starrte ihn wütend an. Jensen rülpste.

»Steffen, mach du ihn auf.«

Der junge Beamte legte seine Stirn in Skepsisfalten, aber Trillers Blick war eisern. Der junge Beamte kletterte in den Caddy.

»Moment«, bruddelte Jensen, »das ist mein Arbeitsplatz. An dem arbeite nur ich. Raus da.«

Jensen klammerte sich an einer offenen Hecktür fest und wedelte mit dem freien Arm. Mit dem großen Schraubenschlüssel in der Hand drehte sich der junge Beamte nach ihm um.

»Wenn Sie die Ermittlungsarbeit behindern, nehmen wir Sie fest. Verstanden?«, fragte Triller. »Herr Jensen, Sie treten einen Meter zurück. Steffen, aufmachen.«

Murrend gehorchte Jensen. Hantsch hörte den Schraubenschlüssel klimpern. Der Beamte ächzte. Jensen stieß ein meckerndes Lachen aus.

»Versuchs mal andersrum, Steffen«, sagte Triller.

Wieder ächzte der Beamte, dann klapperte der Schlüssel zu Boden. »Offen«, klang es aus dem Wagen.

Hantsch holte tief Luft. Jetzt würde ans Licht kommen, was doch unerkannt bleiben sollte.

»Hund«, sagte Triller.

Der Hundeführer führte den Drogenhund zum Heck des Caddys, löste die Leine und gab ein kurzes Kommando. Der Hund verschwand im Wagen.

Es tat sich nichts.

»Steffen, halt's ihm mal unter die Nase«, sagte Triller.

Der Hundeführer machte einen Satz zum Heck. »Nein, Vorsicht, der Hund darf das Zeug nicht in die Nase bekommen. Wenn da was drin ist, spürt er es auch so auf.«

»Und was heißt das jetzt?«, fragte Triller scharf.

»Das heißt, was auch immer in dem Löscher drin ist, ist kein Rauschgift. Komm.«

Der Hund hüpfte aus dem Wagen und setzte sich neben den Hundeführer.

»Wenn das irgendwie durch das Seewasser …«

Der Hundeführer schüttelte den Kopf. »Da ist nichts.«

»Aber …« Triller sah sich suchend um.

Auch Jensen wirkte ziemlich verstört. Er kniff mehrmals die Augen zu, riss sie wieder auf und wackelte mit dem Schädel.

»Die wollen uns austricksen. Den da, den anderen Löscher aufmachen.«

Triller zeigte auf den Löscher, den Geiger bewachte. Der junge Beamte kam aus dem Caddy und holte ihn.

Diesmal war er schneller mit dem Öffnen.

»Hund«, sagte Triller wieder.

»Kannst du den an die Kante vom Laderaum stellen?«, fragte der Hundeführer. Der junge Beamte packte den geöffneten Behälter dorthin.

Der Hund kam ein Stück näher, aber auch diesmal zeigte er keine Reaktion.

»Wieder nichts?«, fragte Triller.

»Wenn da was ist, meldet es der Hund.«

»Also nichts?«

»Habe ich doch gerade gesagt.«

Triller stand wie erstarrt. Er fixierte nacheinander den Hundeführer, Jensen und Hantsch.

Nachdem er seine Gesichtszüge wieder geordnet hatte, prüfte er die Beweglichkeit seines Kiefers. »So, wir öffnen jetzt jeden einzelnen Löscher da drin«, brüllte er, »außerdem wird der Koffer durchsucht und das Führerhaus. Aber gründlich!«

Jensen stöhnte. »Schon wieder neue Dichtungen. Wenn ein Löscher geöffnet wird, muss immer eine neue Dichtung rein. Wer bezahlt denn das?«

»Das ist mir völlig egal. Schreiben Sie meinetwegen eine Rechnung«, war die Antwort des Kommissars.

Triller wandte sich ab und dirigierte seine Leute. Hantsch musste seinen Koffer öffnen. Ein Beamter wühlte alles durch. Er öffnete sogar die Hülle der DVD von *The Big Lebowski*.

»Nichts.«

Diese Meldungen häuften sich.

»Nichts.«

»Nichts.«

Der Hund fiepte schon vor Langeweile, als der junge Beamte endlich aus dem Laderaum sprang.

»Kannst ihn ja noch mal reinschicken, aber ich denke, das Ergebnis bleibt das gleiche«, meinte er zum Hundeführer.

Triller, der ständig zwischen den Suchtrupps hin und her getigert war, kam dazu.

Der junge Beamte schüttelte leicht den Kopf. An einem Lappen wischte er sich bedächtig die Hände ab.

Der Hundeführer nahm den Hund wieder an die Leine.

»Nichts«, sagte er. »Sonst noch was?«

Triller fluchte leise, schüttelte aber den Kopf. Er sah dem Lappen nach, den sein Kollege in den Laderaum zwischen die Kartons warf.

»Das war doch ...« Triller holte den Lappen wieder heraus und faltete ihn auseinander.

Hantsch konnte erkennen, wie er sich über ein Stück Damenslip wunderte. Ihm war sofort klar warum, denn dieser Fetzen mit dem Spitzeneinsatz war nicht das, was man für gewöhnlich als Putzlappen vorfand. Dazu war der Anteil an saugfähigem Stoff zu gering und er wirkte auch zu neu. Kein Wunder, Madeleine hatte ihn getragen.

Hantsch drehte sich schnell weg. Er schloss seinen Koffer, der nun, dank der Wartezeit, wieder ordentlich eingeräumt war. Gegen den Caddy gelehnt, wartete er ab, was bei der Lagebesprechung der Kriminalpolizisten herauskommen würde.

Jetzt, wo jegliche Spannung von ihm abgefallen war, bemerkte er, welch eine Ansammlung von Zuschauern die Durchsuchung angelockt hatte. Die uniformierten Polizisten hielten die Gaffer nur mit viel Mühe auf Abstand.

Hantsch spürte Müdigkeit in sich aufsteigen. Er wünschte sich, dass er endlich einen Zug nach Hause nehmen oder zumindest zu Jensen ins Führerhaus steigen könnte, wo der schon seit einiger Zeit döste.

»Sie hören von uns«, hörte Hantsch Triller sagen.

Die Polizisten marschierten zu ihren Fahrzeugen.

»Was heißt das? Können wir jetzt gehen?«, rief Hantsch hinter ihnen her.

Er bekam keine Antwort. Autotüren schlugen zu, Motoren sprangen an und kurze Zeit später stand nur noch eine Abgaswolke in der Luft. Außer Jensens Caddy und sich zerstreuenden Kiebitzen erinnerte nichts mehr an die Polizeiaktion. Das Polizeiboot hatte schon vor geraumer Zeit abgelegt.

»Petter, wach auf.« Hantsch rüttelte heftig an Jensens Schulter.

»Was? Wie?« Jensen fuhr auf. Sein Atem roch nicht mehr nach Bier, sondern nach Brauereiabfällen.

»Sie sind weg. Wir können verschwinden.« Hantsch sah auf die Uhr und studierte den Fahrplan in seinem Gedächtnis. »In zwanzig Minuten fährt ein Zug, den möchte ich gerne nehmen.«

»Die haben nichts gefunden, oder?«, fragte Jensen mit Krächzstimme.

»Nein, da war nichts.«

»Ist dir das völlig egal?«

»Nein, aber ich bin froh, sonst wären wir jetzt sicher festgenommen worden.«

»Du nimmst das aber leicht ...« Jensen kratzte sich am Kopf. Seine geröteten Augen hielten Hantsch im Blick.

Hantsch zuckte die Schultern. »Mal verliert man, mal gewinnt man. Ich bin im Augenblick heilfroh, dass die uns nicht geschnappt haben.«

»Und das Zeug? Wo ist das?«

»Verstehe ich auch nicht. Wir müssen das irgendwie vertauscht haben. Vielleicht im Hotel?«

Jensens Kopf pendelte wie bei einem Wackeldackel. »Entweder da oder ich hab ihn bei einem von meinen Kunden gelassen und es nicht bemerkt. Mensch, da kann ich wieder ran. Ich muss die nur alle abklappern. Im Hotel habe ich einen Servicevertrag bekommen, da kann ich auch noch mal nachsehen.« Zuversicht machte sich in seiner Stimme breit.

»Und wenn der Typ vom Boot das Zeug aus dem Löscher rausgenommen hatte? Oder es war ein ganz normaler, einfach einer ohne was?«

Jensens Mundwinkel sackten durch. »Düwel ook, glaubst du? Aber wo ist der Stoff abgeblieben? Wir haben ihn doch beide gesehen.«

Als Antwort hatte Hantsch wieder nur Schulterzucken. »Ich muss rüber zur Bahn«, sagte er stattdessen.

»Komm«, erwiderte Jensen, »lass uns auf den Schrecken einen heben. Vielleicht fällt uns was ein.«

Hantsch hob bedauernd die Hände. »Nein wirklich, ich muss. Das dauert noch ewig, bis ich zu Hause bin.«

Jensen schlug ihm auf die Schulter. »Mensch, du kannst doch bei mir pennen. Morgen ist Sonntag, fährst du eben dann.«

Das Bild einer vermüllten und muffigen Wohnung voller ungewaschener Wäsche kam Hantsch in den Sinn. »Lass mal, ich fahre lieber. Wir können telefonieren.«

Jensen zog eine Flunsch.

Hantsch griff nach dem Koffer. »Also dann, mach's gut. Vergiss nicht, die Hecktüren zuzumachen, bevor du losfährst.«

Jensen knurrte irgendwas Unverständliches, stieg aus und begleitete Hantsch bis zum Wagenheck.

»O Gott, O Gott«, sagte er aufstöhnend, nach einem Blick in den Laderaum.

»Sieht doch aus wie immer«, meinte Hantsch zu dem Tohuwabohu, das die Polizisten hinterlassen hatten.

»Blödmann«, knurrte Jensen. Er knallte die Türen zu.

»Ich hab dich auch lieb«, erwiderte Hantsch und schlug den Weg zur Bahnhaltestelle Mole ein.

»Ich such den Kram. Wehe, wenn da einer mit löscht!«, brüllte Jensen hinter ihm her.

*

Der Schaffner wirkte auf Hantsch wie ferngesteuert. Alle seine Bewegungen führte er pomadig aus, als lebte er in einer anderen Zeitschiene. Jeden Fahrschein betrachtete er, als habe er vorher noch nie einen gesehen.

Langsam fühlte sich das Handy in Hantschs Hand schweißnass an. Er musste zugeben, dass er aufgeregt war. So aufgeregt wie schon lange nicht mehr, obwohl gerade etliche Abenteuer hinter ihm lagen.

Er wartete noch, bis der Schaffner seine an Tai-Chi erinnernden Riten im nächsten Waggon vollführte. Dann suchte er die Nummer aus dem Kurzwahlspeicher.

Es klingelte lange, bevor jemand abnahm. »Hallo?« Die Stimme war rau und basslastig.

»Hallo, hier ist Torsten.«

»Wer? Welcher Torsten?«

»Na ich, Torsten Hantsch.«

»Ach so, du. Und?«

Hantsch vergewisserte sich kurz, dass niemand mithören konnte. »Ich habe es geschafft ... sitze jetzt schon in ... der *NOB* nach Altona«, flüsterte er so flüssig, wie sein trockener Mund es zuließ.

»Was hast du geschafft?«

»Ich bin runter von Amrum ... Die Polizei hat noch mal alles durchgewühlt ... aber nichts gefunden.«

»Warum redest du so verdruckst? Kannst du nicht lauter? Ich versteh dich kaum.«

»Entschuldigung«, sagte Hantsch etwas deutlicher.

»So ist's recht. Wie sieht's denn aus mit der Kohle? Ihr habt noch Schulden bei mir.«

»Kann ich dir das überweisen? Ich brauche nur die Kontoverbindung, dann mache ich das sofort, wenn ich zu Hause bin.«

»Willst du das etwa alleine bezahlen? Lass dich von Jensen nicht bescheißen. Sei nicht so doof, wenn's dir auch schwerfällt.« Sonja lachte rauchig.

»Das ist schon in Ordnung. Jensen hat ja nichts.«

»Der soll mehr arbeiten, die faule Sau. Saufen und Sprüche klopfen, mehr ist bei dem nicht los.«

»Na ja ...«, meinte Hantsch, »er ist vor allem ein Pechvogel.«

»Warum?«

»Auto kaputt, Ärger mit dem Chef und kein Geld.«

»Ihr habt den Kram aber noch?«, fragte Sonja.

»Ja, ist noch nichts verkauft.«

»Ich habe vielleicht einen Interessenten. Aber für die Vermittlung kriege ich Provision. Zehn Prozent, nee, fünfzehn.«

Hantsch rechnete kurz. »Okay«, erwiderte er.

»Aber das andere Geld krieg ich auch noch. Und dann möchte ich noch fünfhundert obendrauf, wegen der Teilzahlung.«

»Du hast es anscheinend nötig.«

»Werd nicht frech, Jungchen. Ich will mal auf die Malediven, solange es die noch gibt, und da brauch ich ordentliche Klamotten. Das geht ins Geld. Also fünfhundert von jedem von euch.«

»Ja, ist in Ordnung, bekommst du.«

»Das will ich auch meinen. Und das bringst du bar vorbei, nix mit Konto und so, kapiert?«

»Ja, aber das geht erst, wenn der Kram verkauft ist. Am nächsten Wochenende?«

Sonja schwieg einen Moment. Hantsch lauschte ihrem geräuschvollen Atmen.

»Na gut, aber nicht später«, sagte sie. »Ich arrangier das mit dem Interessenten. Ruf mich morgen an. Und wenn ihr mal wieder ein Problem habt, kommt zu mir. Ihr könnt immer auf mich zählen, das wisst ihr doch, oder?«

»Ja, ist gut, bis dann. Ich freue mich …« Während Hantsch noch redete, unterbrach Sonja die Verbindung.

Hantsch steckte das Telefon ein, wischte sich die Hände an der Hose trocken und lehnte sich im Sitz zurück.

Er überlegte, in welchem Schrank seine Badehose wohl steckte und ob er für die Malediven eine neue bräuchte. Er hatte sie ein paar Jahre nicht getragen und die Mode war inzwischen so schnelllebig. Rollbraten auf den Malediven, ja, das könnte ihm gefallen.

Dann überlegte er, ob Sonja ihn auch ohne Bezahlung mitnehmen würde. Führe er erst einmal mit dem Opel Diplomat bei ihr vor, bekäme sie sicher ein anderes Bild von ihm. Andererseits musste er natürlich abwarten, ob das Paket tatsächlich in den nächsten Tagen bei ihm ankommen würde.

Er überlegte, ob er im Hotel anrufen sollte, ob sie es schon weggeschickt hätten. Der Nachtportier, der noch Dienst getan hatte, als er mit dem Karton des Keramikleuchtturms an den Tresen kam, hatte es jedenfalls versprochen.

Der Leuchtturm sei ihm mit seinen zehn Kilo doch zu schwer für die Reise, hatte Hantsch gesagt. Aber er wolle einem Kollegen zum Dienstjubiläum ein hübsches Präsent für den Garten machen, und das wäre schon am Dienstag.

Weil er nur den leeren Karton gebraucht hatte, hatte er zuvor den Leuchtturm in einer ruhigen Straße unbeobachtet aus der Verpackung gezogen und über einen Zaun ins Gebüsch eines Gartens gestellt.

Hantsch grinste bei dem Gedanken, wie die Grundstückseigner Augen machen würden, wenn sie irgendwann diesen maritimen Gartenzwergverschnitt im Rhododendron fänden.

Nachschlag

Ein Buch ist, entgegen landläufiger Auffassung, ein Gemeinschaftswerk. Deshalb müssen hier unbedingt einige Personen erwähnt werden, denen verschärfter Dank gebührt:

Meine Lektorin Frau Puppala, die das Textgemüse zu einem Gericht verfeinerte,

das ganze Team von Grafit, weil sie das Gericht hübsch anrichten und wohlfeilbieten,

meine Familie, weil sie bisher noch nie gesagt hat, ich solle mir einen anständigen Job suchen,

Thea, meine bessere Hälfte von Goest&Patsch, weil sie das Texten mit guten Vorschlägen und besonders mit Dialekt aufpolierte,

der Deichverlag, weil er mich durch die Ausschreibung zum ersten *NordMordAward* auf die Ideen brachte,

Hantsch und Jensen, weil ich dabei sein und notieren durfte, wie sie über die Insel stolperten,

alle, die mir gewollt oder ungewollt ihren Namen zum Verwenden oder Verhunzen überließen,

alle, die diese Seite oder gar das ganze Buch lesen, weil ungelesene Bücher ungeliebten Kindern gleichen,

und schließlich möchte ich ein Wort des Trostes denen aussprechen, die ich vergessen habe: Ihr seid garantiert in guter Gesellschaft!

Ria Klug, im Oktober 2014

Die Ostsee wird zum nassen Grab

H. Dieter Neumann

Die Tote von Kalkgrund

ISBN 978-3-89425-454-4
Auch als E-Book erhältlich

Der erste Fall für Helene Christ

Firma weg, Frau weg, Boot weg – Simon Simonsen hat in kürzester Zeit alles verloren, was ihm etwas bedeutet hat. Es begann mit dem Verkauf seiner Hoch-und-Tiefbau-Firma an einen Geschäftsmann, der sich als Zugabe Simons Frau Lisa angelte. Als er sich nun auch von seinem geliebten Segelschiff *Seeschwalbe* trennen muss, trösten Simon nur noch sein Flachmann und Frau Sörensen, die segelohrige Hundedame. In einem dieser wenig ruhmreichen Momente schlägt die Polizei bei ihm auf: Die Kriminalkommissare Helene Christ und Edgar Schimmel überbringen die Nachricht, dass vor Kalkgrund eine Leiche gefunden wurde – die seiner Frau Lisa.

Simon ist der Hauptverdächtige, da ein Zeuge Lisa am Tag ihres Todes auf der *Seeschwalbe* gesehen haben will. Während Edgar Schimmel den Fall schon als gelöst betrachtet, gräbt Helene Christ etwas tiefer und redet sich ein, dies nicht nur deswegen zu tun, weil sie sich zu Simon hingezogen fühlt …

Skurrile Fälle im norddeutschen Moor

Wilfried Eggers

Die Tote, der Bauer, sein Anwalt und andere

ISBN 978-3-89425-233-5

Mann tötet Frau – der Bauernkrimi handelt von einem ganz normalen Fall mit einem nicht ganz so normalen Ende.

»Ohne je an Fahrt zu verlieren ... lockt der Roman mit prallen Bildern in die Tiefe von Landschaft, Geschichte und Schicksal.«
Robert Hültner, Münchener Abendzeitung

Ziegelbrand

ISBN 978-3-89425-277-9

Der Auftrag eines ehemaligen Zwangsarbeiters aus Polen bringt Rechtsanwalt Peter Schlüter zur Verzweiflung, veranlasst aber den kranken Johann Döpner, sich vom Sterben zu verabschieden ...

»In Eggers' Roman überzeugen die dichte Atmosphäre und die sorgfältige Charakteristik der Protagonisten, selbst der Nebenfiguren.« The Associated Press

Paragraf 301

ISBN 978-3-89425-373-8
Auch als E-Book erhältlich

Ein Kontrolleur vom Arbeitsamt stirbt auf einer Baustelle im norddeutschen Moor und Rechtsanwalt Peter Schlüter wird mit den Auswirkungen eines Völkermordes konfrontiert.

»Einfühlsame Milieuschilderungen, lebensechte Charaktere, trockener Humor – Eggers kann es einfach.«
Badische Neueste Nachrichten

Die oder ich

ISBN 978-3-89425-389-9
Auch als E-Book erhältlich

Horst ›Horschi‹ Kurbjuweit ist niemand, mit dem man tauschen möchte. Doch für die Katastrophe, die am Ende drei Menschen das Leben kostet, kann er nichts.

»Knisternde Spannung, die sich in einem fulminanten Ende entlädt.«
Schnüss – Das Bonner Stadtmagazin

Krimis mit Groove und Humor

Rainer Wittkamp

Schneckenkönig

ISBN 978-3-89425-416-2
Auch als E-Book erhältlich

Der strafversetzte LKA-Kommissar Martin Nettelbeck bekommt eine Bewährungsprobe, als ein Ghanaer tot aufgefunden wird. Schon die Identifizierung der Leiche ist schwierig: In der afrikanischen Gemeinschaft will den Mann niemand gekannt haben.
Nettelbeck taucht ein in eine faszinierende Welt und stößt auf ein dubioses Missionswerk. Doch ihm sitzt die Zeit im Nacken – er muss Ergebnisse liefern, sonst droht ihm auf ewig ein Bürojob ...

»Cool ist ein überstrapaziertes Wort. Aber genau so schreibt Rainer Wittkamp. Saucool.« Buchjournal

Kalter Hund

ISBN 978-3-89425-430-8
Auch als E-Book erhältlich

Der Kleinkriminelle Bilal Gösemann braucht Geld für eine Luxusbestattung, der libanesische Clanchef Walid Sharif arrangiert für seine Tochter eine Ehe rein wirtschaftlicher Natur, der alternde Playboy Hasso Rohloff löst seine Eheprobleme mit einem beherzten Stoß und Kriminalrätin Koschke gibt eine falsche Anweisung.
Vier Menschen – vier folgenschwere Entscheidungen. LKA-Ermittler Martin Nettelbeck hat Mühe, alle Leichen einzusammeln, die plötzlich Berlins Straßen pflastern ...

»Einer der besten deutschen Großstadt-Noirs der letzten Jahre, ohne Frage tolle Unterhaltung.« Ulrich Noller, WDR-Magazin Piazza

Frettchenland

ISBN 978-3-89425-457-5
Auch als E-Book erhältlich

Politik und Nacktselfies: Eine Personenschützerin wird in der Staatskanzlei ermordet. LKA-Ermittler Martin Nettelbeck muss bei Ermittlungen im Berliner Regierungsviertel viel Fingerspitzengefühl beweisen.

Maria Grappa: große Klappe, großes Herz

Gabriella Wollenhaupt

Grappa lässt die Puppen tanzen

ISBN 978-3-89425-395-0
Auch als E-Book erhältlich

Der Bierstädter Straßenstrich wird geschlossen, zurück bleibt eine Leiche. Reporterin Maria Grappa taucht ein in eine ihr fremde Welt und stellt fest: Die tote Romafrau ist erst der Anfang ...

»Ein ebenso spannender wie schockierender Thriller.«
Westdeutsche Zeitung

»Chapeau, Maria Grappa, Chapeau, Gabriella Wollenhaupt, dafür, uns eine fremde Welt auf unterhaltsame Art zugänglich gemacht zu haben – ohne Scheu vor der manchmal schwer zu verdauenden Wahrheit.« WDR

Grappa sieht rosa

ISBN 978-3-89425-436-0
Auch als E-Book erhältlich

Ausgerechnet die Ruhrgebietsmetropole Bierstadt wird Zufluchtsort des russischen Agrarministers, der nach seinem Coming-out seine Heimat verlassen musste. Doch in Bierstadt lauert der Tod – Polizeireporterin Maria Grappa erfährt Dinge, die sie nicht für möglich gehalten hätte.

»Nicht nur mörderisch gut, sondern auch vielfach bewegend in einem Spannungsfeld zwischen einer verklemmten Gesellschaft, die aufgeklärt und weltoffen sein will, und einer ungezügelten Szene ohne Tabus.« Carsten Janecke, Hellweger Anzeiger

Grappa und die stille Glut

ISBN 978-3-89425-455-1
Auch als E-Book erhältlich

Ein Pfarrer wird von einer zweiundsiebzigjährigen Frau mit erotischen Tänzen verfolgt – eine skurrile Geschichte ganz nach dem Geschmack der Bierstädter Polizeireporterin Maria Grappa. Doch aus einer zunächst spaßigen Recherche wird eine ernste Sache, als der Pfarrer grausam ermordet wird. Hat die betagte Stalkerin etwas damit zu tun?